Verspiegelt
Der Geschichtenerzähler Joachim Tettenborn

Geboren in Ottendorf, Thüringen, Gymnasium in Jena, Soldat, Studium in Jena und Wien. Germanistik, Philosophie, Theaterwissenschaften. Schauspielschule in Weimar, promoviert.

Von 1945-48 Chefdramaturg, Spielleiter und Schauspieler am Stadttheater Jena. In gleicher Position von 1948-50 an der Bühne Erfurt. Nach seiner Flucht nach Westberlin ist er dort Dramaturg an der Tribüne und geht 1952 für zehn Jahre als Dramaturg an das Berliner Schillertheater, anschließend als Stellvertretender Chefdramaturg und später als Redaktionsleiter ‚Fernsehspiel und Film' zum ZDF, bis er ab 1980 ganz als freier Schriftsteller arbeitet.

BÜHNENWERKE
1951 „Perspektiven", Uraufführung Tribüne Berlin
1955 „ – und will sie durchs Feuer führen", Hebbel Theater Berlin
1956 „Das große Verhör", Uraufführung Theater Iserlohn
1981 „Der Mann auf dem Sockel", Uraufführung, Mainz
1981 „Tilmann Riemenschneider", Festspiel zum 450. Todestag
          von Riemenschneider, Uraufführung, Würzburg
1990 „Die Dornenkrone hab ich mir geflochten", Schauspiel,
          Uraufführung Ernst-Deutsch-Theater, Hamburg
1998 „Klaas Störtebeker - Eine Piratenrevue", Musical, Husum

ROMANE
1972 „Nur ein einziger Tag", Verlag Molden, Wien
1977 „Die Anstalt bedauert", Verlag Molden, Wien
1982 als Taschenbuch „Das Fernsehen bedauert", Herbig
1993 „Korruption", Verlag Hoffman&Campe, Hamburg
1999 „Die schier unglaublichen Erlebnisse des Soldaten EWIG Fernsing",
          Tetens Verlag, Husum

ERZÄHLUNGEN
1986 „Und es begab sich zu dieser Zeit", Herbig, München
1987 „Westerhever Balladen", Tetens Verlag, Husum
1991 „Unser Dach ist der Himmel", Tetens Verlag, Husum
1992 „Splitter", Tetens Verlag, Husum
2000 „Weinquartett", Tetens Verlag, Husum

LYRIK
1988 „Fischgedichte", Tetens Verlag, Husum
2003 „Wer die Feder versteht – kann fliegen, Tetens Verlag, Husum

HÖRSPIELE
aus der großen Zahl für den NWDR, den SFB und den RIAS Berlin seien erwähnt; „Übermorgen Regen", „Der schwarze Schwan" und „Gedanken im Kreise".

Verspiegelt
Der Geschichtenerzähler
Joachim Tettenborn

JOACHIM TETTENBORN

Tetens Verlag

ISBN 3-924989-13-3

Copyright 2003 Bernd Tetens Verlag, Husum
Umschlagfoto: Peter Eigler
Herstellung: Books on Demand GmbH, Norderstedt
Vertrieb: Libri
Printed in Germany

Für Gisela

Das schwarze Quiz

Es war einmal ein Traum, der geträumt wurde.

Und der Traum war blau. Meistens – Manchmal auch dunkler – bis hin zum Tintenschwarz. Aber nur selten. Es gab Untiefen in diesem Traum – helle Stellen. Wie Löcher. Bis fast an die Grenze des Bewußten wieder. Aber nur Augenblicke lang.

Es war einmal ein Traum, der geträumt wurde.

Und in dem Traum waren Gestalten. Menschen meist. Ohne Namen. Manchmal ohne Gesichter.

Es war einmal ein Traum, der geträumt wurde.

Und in dem Traum waren Gesten und Bewegungen. Gesten von Lebewesen und Bewegungen von Dingen.

Es war einmal ein Traum, der geträumt wurde.

Und in dem Traum waren Stimmen und Geräusche. Hin und wieder auch Melodien. Melodien von menschlichen Mündern hervorgebracht und von Instrumenten. Und Geräusche von Lebewesen, Tieren, Pflanzen oder vom Wind, Wasser, Feuer.

Das Podium –
Thronstätte für Unterhalter und Spannungskitzler, für Seelenfänger, Hypnoserichtstrahler.

Das Podium ist mit schwarzem Samt ausgeschlagen. Dreistufig. Auf der obersten Stufe, der obersten Plattform, ein Tisch, lang, rechteckig.

Verhangen mit roter Seide. Dahinter ein schwarzer, hoher Ledersessel mit spitzer Lehne. Raffiniert altmodisch. Er scheint über dem schwarzen Samt zu schweben. Ein Goldemblem auf weißem Grunde an der Spitze der Sessellehne – zwei Krummschwerter gekreuzt.

Vor dem Podium ein verdunkelter Saal. Vollbesetzt. Die Gesichter vom Podium her nur helle Flecke. Dazu Murmeln. Auf- und abschwellend wie Dünung in ruhiger See. Husten ab und zu.

Woher kommt dieser Mann im weißgelben Mantel? Woher? Er sitzt plötzlich auf dem schwarzen Ledersessel. Das Gesicht hinter einer Goldmaske. Das Licht auf dem Podium wird heller. Auf dem Tisch, vor dem Mann mit der Goldmaske, ein Armaturenbrett. Schräg ihm zugeneigt. Hebel. Knöpfe. Farbig aufleuchtend, erlöschend. Die Hände der Goldmaske spielen gekonnt mit den Hebeln. Farben zucken jetzt auf und verschwinden. Rot. Gelb. Blau. Grün. Farbblitze. Nebeneinander, übereinander gelegt, gekoppelt. Virtuos. Ein farblichtsymphonischer Auftakt. Die Gesichter der Saalgäste werden Bruchteile von Sekunden farbig sichtbar. Ein dumpfes Licht bleibt schließlich stehen. Eine Mischung aus Blau und Rot.

Hände aus dem Stimmungslichtsaal klatschen spontan. Der Beifall steigt. Er steigert sich. Dreimal soviel Hände. Viermal. Abebbend schließlich. Noch ist kein Wort gefallen. Die Goldmaske legt zwei Hebel um. Deutlich hörbar rastet ein Relais ein. Das Podium verdunkelt sich. Buchstaben, Worte laufen über die Szene:

„Kandidatenwahl! Kandidatenwahl! Kandidatenwahl! Erste Auswahl! Erste Auswahl! Kandidatenwahl!"

Schneller. Noch schneller. Kaum noch lesbar. Wie ein ständig aufzuckender Lichtblitz jetzt. Ein Lichtstrich. Trommelwirbel, anschwellend. Stärker. Von irgendwoher. Abrupt zu Ende. Lichtwechsel. Zwei hochhackige Stiefelmädchen mit langen Netzschenkeln und Glitzerhöschen klappern rechts und links neben der Goldmaske. Sie verbinden der Goldmaske die Augenschlitze. Die Hände der Goldmaske tasten über die farbigen Lichtknöpfe. Unentschlossen. Plötzlich stößt ein Finger vor. Die rechte Hand. Ein Knopfdruck. Eine Sirene gellt auf. Hochgeschnellt aus dem Sessel ein Saalgast. Eine Nummer. Nur halb auf dem Rücken zu lesen, 67. Seinen Weg zum Podium begleitet ein verstecktes Orchester. Ein zweiter Knopfdruck. Hochgeschnellt ein anderer Gast. Von seiner Nummer ist nur die 5 zu erkennen. Alle haben Nummern. Alle Saalgäste.

Lose angesteckt an Jackettrücken und Blusen. Und schon stehen die beiden vor dem roten Seidentisch – vor der blinden Goldmaske. Die Hände der Goldmaske drücken schnell hintereinander verschiedene Lichtknöpfe. Saalgäste werden aus ihren Sesseln katapultiert. Kandidatenhydraulik. Nummern. Jetzt deutlich ablesbar.

Die hochhackigen Netzschenkelstiefelmädchen lösen die Binde von den Augenschlitzen der Goldmaske. Beide nehmen ein matt-blinkendes Mikrofon von dem Seidentisch. Sie sprechen gemeinsam – synchron – ein präzise eingelernter Mädchenminichor: „Meine Damen und Herren! Wie Sie wissen, ist jeder Sessel im Saal mit Knopfdruck von der Schalt- und Drucktafel des Quizmasters auslösbar.

Die Auswahl der Kandidaten erfolgt ohne System. Rein zufällig. Der Erwerb Ihrer Eintrittskarte verpflichtet Sie zum Mitspielen." Und mit gekonntem eiskalten Zwillingslächeln: „Niemand ist hier sicher. Nichts ist sicher. Niemand ist hier sicher!" Mikrofonabstellen. Zurücktreten. Gemeinsam.

Ein Paukenschlag aus dem Orchesterversteck. Blechscheppern dazu. Ein silberner Zeiger wird vor dem Kandidatentisch heruntergelassen. Die Goldmaske läßt den Silberpfeil vor den Kandidatensaalgästen schwingen. Er schwingt nach rechts, nach links, nach rechts, nach links. Schließlich zeigt er auf einen der Kandidaten. Der Erkorene tritt auf einen Wink der Goldmaske drei Schritte vor. Dressierte Diener in gelben und grünen Fräcken stülpen den übrigen Kandidaten schwarze Kästen über die Köpfe. Vermutlich Plastik oder ein leichtes Metall. Sie verschrauben die Kästen um die Köpfe der Aussetzkandidaten. Nur Sehschlitze zur vollkommenen Konzentration und Ausschaltung von Fremdgeschehen.

„Kandidat! Sie haben die Chance 10 Millionen zu gewinnen. 10 Millionen!! Oder Hunderttausend, Zehntausend, Tausend!" Die Frackdiener rollen eine rechteckige

Silberkiste herein und stellen sie neben dem Podium ab. „Kandidat! Die Chance Ihres Lebens! Die Chance!!!"

Der Goldmaskenquizmaster ist eine Maschine. Unbestreitbar. Computergesteuert. Wahrscheinlich. Eine mechanische Puppe. Doch nichts ist hier sicher. Mikrofonverzerrt die Stimme der Goldmaske. Zwischendurch Bahnhofslautsprecherüberschlag. „Kandidat! Sie haben jede Frage zu beantworten. Jede. Und zusätzlich eine Behauptung aufzustellen, die zutreffend sein muß. Verstanden?" Und noch einmal, „Verstanden?!", plärrt es bösartiger, heller jetzt.

„Ihnen stehen zur Beantwortung drei Lebensminuten zur Verfügung. Drei! Keine Sekunde mehr!" Der Kandidat nickt, räuspert sich nervös, schluckt, nickt. Rascher Blick zur Silberkiste – in ihr lagert der Gewinn!

In diesem Augenblick wird neben dem Quiztisch auf einem schwarzverhangenem Seitenpodest ein Henker enthüllt. Vor ihm ein grober Holzklotz. Er steht inmitten eines grellen Schleifsteingeräusches. Funkenumsprüht. Ein riesiges, blankes Krummschwert in der Faust.

Der Saalkandidat schluckt nicht mehr, auch kein Räuspern. Er starrt bewegungslos zum Funkenspiel des Henkers. Der Henker verschwendet keinen Blick an ihn. Sein Gesicht ist mit grüner Farbe angestrichen, aber ohne Maske. Und er ist ein Mensch. Keine Maschine. Der Kandidat starrt. Der Henker, modisch gekleidet mit einer weißen Jeans-Drillichhose und lichtem Bart mit nacktem Oberkörper, prüft das Krummschwert mit dem Daumen auf seine Schärfe.

„Erste Frage!" Marionettenzucken der Goldmaske. „Wie kann man Blumen verlängern? Die Uhr läuft!"

Der Kandidat bewegt die Lippen in lautlosem rasendschnellen Selbstgespräch. Orchesterschlag.

„Verloren!" Aufstöhnen des Saalmaules. Der Henker hat mit seinem Schwertschleifspiel aufgehört und betrachtet zum ersten Male interessiert den Kandidaten. Der Kandidat scheint um Zentimeter geschrumpft zu sein. Die Netzstrumpfmädchen reichen ihm eine Erfrischung mit dazu maßgeschneidertem Lächeln. Er nimmt es gehorsam an.

„Zweite Frage! Weshalb ist grün so schwarz in den Augen der Liliputaner? Antwort! Antwort!! Wohin fliegt der Mond, wenn die Höllendrachen erbrechen? Antwort! Antwort!!" Jedesmal um einen Akkord höher geschraubt die Maschinenstimme.

„Warum klingen Kirchenglocken dumpf, wenn Flöhe die Wüste durchqueren? Warum? Antwort! Antwort!"

Stammelnd, winselnd vom Kandidaten: „Ich. ich.. ich..."

„Falsch!" Lautsprecherüberschlag.

„Weshalb sind Hunde zu kurz, wenn Hypothesen gebraten werden? Warum? Warum? Warum!!" Helle Kreissäge die Stimme.

Nackte Henkersarme packen zu. Das versteckte Orchester spielt – etwas zu schnell genommen – „An der schönen blauen Donau."

Aufjaulen des Kandidaten in das Saalstöhnmaul. Etwas wie „Gnade. Gnade.." zu verstehen. Einen Augenblick Orchesterstille. Die Lautsprechergoldmaske klirrt Richtung Todeskandidaten: „Bedingung war eine Antwort. Niemand hat eine richtige Antwort verlangt. Antwort hätte genügt." Maschinenlautsprecheraltweiberlachen.

Der Entsetzenskopf des Kandidaten auf dem Block – groß im weißen Stichscheinwerfer Kandidatenaufschrei: „Ich bin lebend geboren!"

Ein Aufblitzen. Ein Pfeifgeräusch. Rasiermesserscharf. Gleichzeitig die Stimme der Goldmaske. „Richtig. Die Behauptung ist richtig – richtig aufgestellt!" Mechanisch, gefühlfrei.

Der Henker hält den weißen Schreckenskopf, den bleichen Todeskopf des Kandidaten an den Haaren empor. Beifall zerdröhnt den Saal. Trampeln. Schreie. Orgastisch. Die Blechstimme der Goldmaske darüber. „Behauptung stimmte. Doch der Kandidat musste vorher aufgeben."

Das Orchester schminkt wieder Stimmung, gefühlvolle über den Saal. Die Besucherhände beruhigen sich. Eine Frauenstimme dazu von der Bühne. „Kleine Möwe flieg nach Helgoland, bring dem Mädel, das ich liebe einen Gruß. Ich bin einsam und verlassen ...“

Die dressierten gelben und grünen Diener schrauben währenddessen den Kopfkasten des Kandidaten Zwei auf. Ein ratloses Kandidatengesicht wird sichtbar. Noch hellrot lebendig.

Der Henker jetzt wieder im Funkentanzkranz hinter dem Blitzkrummschwert. Inmitten der Schleifgeräusche.

Und wieder die Lautsprecherstimme der Goldmaske. „Erste Frage! Wie viel wiegt die Seele im Maule der Vampire?“

Leiser, blasser jetzt – weit weg – weg – wegschwimmend. Helle Stellen wie Löcher in dem sich verdunkelndem Bild. Kaum eine Bewegung noch wahrnehmbar. Noch ein Widerhall der Maschinenstimme „.....Kandidat! Sie haben die Chance, 10 Millionen zu gewinnen. Sie haben die Chance – die Chance – die Chance –

Es war einmal ein Traum, der geträumt wurde.

Und wenn sie nicht gestorben sind, dann fragen sie heute noch.

Die Beschreibung einer
unbeschreiblichen Tragödie
eine Collage

Juni, Freitag 13., Ilsgenberg an der Malde.

Die zwei Namen der Hauptdarsteller –

Alice Bergner, 36 Jahre alt – Dr. Ericson Fiedler, 39 Jahre alt. Datum und Ort sind für diese Berichterstattung unwesentlich. Sie sind nur Fixpunkte, um die Geschichte festzubinden, um der Darstellungsbühne einen Namen zu geben, das Geschehen zu umgrenzen.

Auch das Datum, Freitag der 13., bringt für mich nichts Negatives in die Geschichte. Für manche kann dieses Datum auch Positives bedeuten. Für mich zum Beispiel – ich bin auf dieses Datum zum Positiverlebnis abonniert. So fand die Uraufführung meines ersten Theaterstückes in Westberlin an einem Freitag den 13. statt. Das Stück „Perspektiven" wurde zu einem Sensationserfolg. Also – vergessen wir die Datumspielerei.

Doktor Ericson Fiedler hat seine Freundin, seine Geliebte, Lebensgefährtin – wie auch immer – zwischen 15 und 16 Uhr mit zwei Schüssen aus einer Waltherpistole PPK ermordet.

Der Gerichtsmediziner konnte die Zeit nicht genauer festlegen. Die präzise Todeszeit ergab sich etwas später.

Das sind zunächst die ersten Fakten. Drumherum aber gab es vieles – genaues, ungenaues, unverständliches – verborgenes –

Wer sind diese Menschen – oder, besser gesagt, wer ist dieser Mann und wer war diese Frau? Aber das ist so eine Frage – so lange man es am Oberflächlichen beläßt, kann man gut damit zurecht kommen – wenn jedoch die Wahrhaftigkeit dazu gesucht wird, dann bleibt manches, nein, vieles im Dunkel. Am wenigsten ist von den Betroffenen selbst über ihr ‚Ich' zu erfahren. Sie sind im eigenen ‚Ich' unfähig sich selbst zu begreifen – dazu steht ihr ‚Ich' ihrem „Ich" zu nahe – abstandsfern. Auch bei längerem Nachdenken – keine stimmige Antwort – eine wirkliche und verantwortliche ist eben nicht möglich. Das würde eine totale Bloßlegung dieser Lebenspersonen voraussetzen – eine totale Entschlüsselung, Enträtselung. Natürlich kann man sich an einigen Erscheinungen, an einigem Sichtbarwerden ein Verstehen setzen – aber – was sagt das in Wirklichkeit aus – Es sind letzten Endes auch nur Aussenposten – und daran muss man sich halten, sich begnügen – mangels –

Und so schließen wir die Frage, wer Fiedler und die Bergner in einem umfassenden Verstehen waren – oder sind.

Nur so viel zu ihnen –

Alica Bergner war Sekretärin in einem pharmazeutischen Werk. Wie erwähnt – 36 Jahre alt, Haare blond, Augen dunkelblau – eine zierliche Person, elegante Kleidung.

Dr. Ericson Fiedler war Privatdozent einer Universität. 39 Jahre alt, schütteres braunes Haar, graue Augen, eher lässig gekleidet.

Beide arbeiteten in der nahe gelegenen Stadt.

Das also wissen wir mit Gewißheit – viel gibt das nicht, nur Fliegenschisse zur Person und zum Ablauf, beziehungsweise zum Anlaß für diese Tragödie.

Später – nach entsprechenden Ermittlungen der Kripo – stellte sich der Anlaß und somit das Motiv zur Tat heraus.

Der Beginn der Beziehung der zwei war ein denkbar simpler – ja, man müßte sagen – ein banaler Ausrutscher.

Er saß in einem Café. Er hatte sich zu seinem Kaffee ein Stück Pflaumenkuchen mit Sahne bestellt. Der Ober war damit im Anmarsch, da passierte es. Ein Hund sprang den Kellner laut bellend an, er ließ den Sahnekuchen fallen, ein Gast hinter ihm trat in den rutschigen Kuchen und stürzte. Der Mann am Tisch fing den Stürzenden auf. Es war eine Sie – es war sie. Er lud sie ein zum Beisitz an seinem Tisch. Sie tat es – noch ein wenig geschockt. Nun saßen sie sich zum ersten Male gegenüber.

So banal, ja lächerlich, können erste Schritte in einer Tragödie sein.

Eigentlich wollte ich davon gar nicht erzählen. Der kleine Unfall wirkt in seiner Flachheit hier unplaziert, gesucht, banalextrem. Aber da es eben genauso war, habe ich es dann doch dabei belassen.

Ja – das war nun eine Begegnung der besonderen Art. Für ihn war es ein Fanal zu einer Feuerstrasse. Mit einem Wort – der Blitz schlug bei ihm ein. Und es erfaßte ihn mit Haut und Haar – und bis zum Höchstgefühl – und bei ihr – zunächst nur etwas irritiert – er war ihr sympathisch, ja, ja, und ein hilfreicher, ja – doch mehr – jetzt so im Augenblick?

Sie trafen sich – öfter dann – auch bei ihm zu Hause – und so langsam begann auch bei ihr ein Lichtlein, schnell hell loderndes – aber immerhin – das darf man dann schon Liebe nennen. Es wurde dann und eben schließlich auch für sie eine Hoch-Zeit mit gemeinsamen Urlauben, Theaterbesuchen, Festen.

Ja – und da geschah es. Für ihn nicht erkennbar. Eine liebenswerte Erblindung. Sie jedoch – ja nun – da hatte sie einen Anderen kennen gelernt – Er lag ihr – ihm war sie sofort zugeneigt. Kurz und gut – nach dreijähriger Gemeinsamkeit mit dem Privatdozenten – gab es nun eine andere Tapete an der Wand für sie. Er merkte nichts und sie spielte weiter – wohl ahnend, dass es einen gefährlichen Ausbruch aus einem Vulkan geben könnte. Er war ahnungslos – ganz und gar. Und das machte es noch schlimmer – aber einmal mußte es ans Licht kommen. Und eines Tages sagte sie es ihm – und sie verließ ihn mit zwei Koffern über die Straße hin zu einer anderen Vereinigung.

Er ließ sie ziehen – gelähmt zunächst – aber das ertrug er nicht lange. Es wurde stärker und stärker. War es Eifersucht? Auch wohl – wohl auch, aber sie hatte sein Herz mitgenommen und ihm blieb nichts. So kam es zum letzten Treffen mit ihm – so kam es zur letzten, allerletzten Walther-Pistolen-Begegnung – zur allerletzten Stimm-, Seh- und Riechbegegnung mit einer Walther-Pistole PPK.

Er wußte – es war das Ende – und so sollte es nun auch sein. Tot – aber dann – für sie und ihn – Frieden der Leidenschaft – Ruhe der Glückswallungen und auch der Todesleiden, die alles umfaßten – aber jetzt – ihm blieb nichts – nichts mehr.

Er sah es so – empfand es bis in die Schmerzspitze – Verfallen dieser Liebe – ausweglos verfallen dieser Sucht, nicht nur des Leibes, auch der Seele, des Herzens – des – kein daneben.

Verfallsdatum –

Juni, Freitag der 13.

Für ihn ging es jetzt nur noch darum, sich den größtmöglichen Schmerz zuzufügen, um das nicht mehr aushaltbare Brennen darin untergehen zu lassen. Das meint nicht, den Lauf der Pistole auf sich zu richten – nein, das zielte nur noch auf die Vernichtung seiner Liebe zum endgültigen Tod – zu einer endgültigen Vergangenheit – nein, das endgültige Vergessen setzen gegen die noch immer zutiefst Geliebte.

Nun stand er vor ihr – nur einige Zentimeter von ihr getrennt – die Pistole in der Hand – dann zwei Schritte zurück – die Pistole gehoben – auf sie hingezeigt.

Das alles, das tat er nicht bewußt – er war zu einem Automaten der Verzweiflung geworden – eine Art von Roboter, der dem gehorcht, was in Gang gesetzt war und nun ablief, ohne es aufhalten zu können.

Sie sahen sich in die Augen – in seinem Augen stand die Tat – vom Auge ablesbar – schon vollendet vor der Tat.

Sie – nun – noch einmal Luft holen – als letzte Reserve –
sinnlos nun – sonst – bewegungslos stand sie vor ihm –
Ein Kaninchen vor der Schlange – der Fluchtinstinkt funktionierte nicht mehr.

Die Automatik des Geschehens lief ab – maschinen-
mechanisch – der Lauf der Pistole zielte auf ihre Brust –
längst schon entsichert – schußbereit – der Todesblitz
kaum noch versteckt – sichtbar für den, der darauf wartet,
warten mußte, in einer Welt der Wichtigkeiten – kaum
hingedacht – nur ein Gedankenhuschen – Null zu eins –
oder – was – was –

Den Zeigefinger gekrümmt – den Todesblitz entfesselt –
Er schoß ihr in die Brust.

Ein Taumeln – die Augen riesengroß – aber noch blieb
sie stehen – noch – ein zweiter Schuß zwischen ihre Augen – in den Kopf – Ein Ruck beim Einschlag – wie hoch-
gerissen – dann das Fallen – nein – das Hinstürzen.

Totenstille –

Alles war nun anders – versunken, weggeschossen – ver-
wintert, verreist nun - nein, das war nicht deutlich für ihn –
nur das Frieren danach – sonst – was war?

Leere – totale Leere – es war nicht im Innen etwas –
aber auch nicht im Außen – auch nicht davor oder dahinter – Leere – dimensionslos – nicht vorgesehen für evolu-
tionierte Wesen – ein Ungefühl – undeutbar – aber danach
war nicht gefragt – auch nicht mehr möglich nun – Leere –
Stille – gehörlos, geruchlos – nicht ganz – das nicht ganz –
der Geruch der Schüsse war noch da – aber das erzählte –
das sagte im Moment nichts für ihn – nur eine Riechku-
lisse ohne Aussage – Nur eines war da – irgendwo da – es
war etwas schlußendliches geschehen – etwas nicht rück-
gängig machbares – etwas –

Und da klang noch – nein, kein Klang – geräuschlos –
nur so da – aber intensiv: „Ohne Dich habe ich nicht ge-
lebt" – und wie ein Echo „Ich liebe Dich so, dass die Erde
brennt", verklungen, nicht ganz – ein Echoschleier – weit.

Und weiter – weiter im Hier – das letzte Rendezvous – wortlos – alles dahinter gelassen dann – bevor die Walther-Pistole aufschrie – die Lippen geschlossen – kein zärtliches Wort mehr, auch keine Beschimpfungen – keine Rechtfertigungen – keine bösen, keine guten – alles – alles war schon einmal gesagt und blieb nun im Lautschatten des Damaligen.

Es war so einfach, so unglaublich einfach – am Schluß – nur eine kleine Mechanik zur Tat noch nötig – die Pistole war ungesichert – schußbereit – kein Visier – Kimme, Korn – das Ziel so groß – unverfehlbar.

Wie schrecklich einfach – ja, wie erschreckend diese Einfachheit – im Augenblick aber nicht gefaßt – noch ein Stöhnröcheln in die Stille – wie ein rostiges Türscharnier – armseliger Gedanke dazu – aber von Banalitäten sind Tragödien umstellt.

Ob noch ein Leibbewußtsein von ihr da war dazu – sie hat geschrieen – aber niemand hat einen Schrei gehört – der Schrei im Schuß zusammengestürzt – ein Schuß in die Mitte des Schreies.

Sie wird es nicht mehr berichten können.

Und nun kam der obligatorische Auftritt der schwarzen Schauspielgruppe, die jeder Tragödie dieser Art zugestellt ist.

Ein Streifenwagen – zwei Polizisten –

Ein Kommissar –

Ein Gerichtsmediziner –

Spurensicherer

„Das Projektil ist hier aus dem Körper getreten und auch hier – vermutlich der zweite Schuß" – Tatzeit – Der Gerichtsmediziner konnte es noch nicht genau sagen – so zwischen 15 und 16 Uhr – Später wurde es dann minutengenau – aber was trug so etwas zur Findung bei.

Ein Knall – es klang wie ein Schuß – Ohren der Nachbarn – Telefon – Polizeieintreffen –

Der Knall – 15 und 9 –
Nun war es genau.

Die Trauerszene nun besetzt von den zugehörigen Ab-
händlern – sie dürfen anonym bleiben – es braucht keine
Namen der Mitspieler – sie sind da – sie waren da – das
genügt.
Die Tat war klar – der Täter vor ihnen – als sie kamen,
kniete er vor der Toten – bewegungslos – als sei auch er in
einem Tode erstarrt – nicht ansprechbar.
Das Motiv – im Moment noch nicht erfragbar – nicht er-
fahrbar – die Pistole neben ihm am Boden:
Eine Walther Pistole PPK
Kaliber 7,65 mm
Patronengewicht 4,7 Gramm
Mündungsgeschwindigkeit 320 m/s
entsichert – noch scharf

Eine Befragung des Täters scheiterte an seiner Erstar-
rung – Er sagte nur einen Satz immer und immer wieder –
nur einen Satz zu allem, was an Worten von außen auf ihn
zukam.
„Alle Lichter sind erloschen –
alle Lichter sind erloschen“ –
Da nichts anderes von ihm zu hören war, wurde die Ver-
mutung geäußert, dass er über diese Tat verrückt geworden sein könnte. Der Gerichtsmediziner wies diese Behauptung als zunächst unbegründbar zurück.

Tod – tot – Tod – tot – Tod – tot –

Hingestorben, hingemordet – und eine verzweifelte Pistole auf den Knien – vor dem Opfer –

*Plötzlich und für uns alle unerwartet –
sie hatte ihr Leben noch vor sich – und nun - - -*

völlig unerwartet und für uns alle unfaßbar –
Der Herr hat's gegeben – Der Herr hat's genommen.

Tod – tot – Tod – tot – Tod – tot –

Eine Tatsache blieb zurück – die Leibensentfernung der Seele fand 15 Uhr 9 statt – und dass dieser kniende Mann der Täter sein mußte.

Etwas wenig – aber – es war kein komplizierter Fall – alles eindeutig – nur das Motiv – nur das Motiv noch im Dunkel – Die tödlichen Schüsse – der Gerichtsmediziner hatte einiges dazu zu sagen.

Die Brustkugel streifte vermutlich das Rückenmark, das Hauptstromkabel des Körpers – Millionen von Nervenfasern – fingerdicker Strang – Steuerung von Muskeln – Meldung von Schmerz, Hitze – Berührungsreize ins Gehirn – Es darf angenommen werden, dass das Projektil, das in der Kammerscheidewand, das sogenannte „Kammerseptum" verlaufende Reizleitungssystem tangiert hat.

Es ist auch möglich, dass das Projektil beim Auftreffen auf einen Knochen des Brustkorbes abgelenkt wurde und in die von der linken Lunge ausgefüllten Thoraxhöhle gelangte – Sauerstoffversorgung des Hirns – vielleicht ist auch ein Hämothorax entstanden.

Annahmen – alles nur Annahmen, aber naheliegend –
Dennoch, dennoch – der Brustschuß scheint nicht die Todesursache zu sein – der Schuß in den Kopf des Opfers – das gepiercte dritte Auge – Eine endliche Aussage. Die Antwort hierauf kann nur die Obduktion ergeben.

Und – „alle Lichter sind erloschen – alle Lichter sind erloschen" – und was der Kommissar pseudophilosophisch von sich gab – „Bilder reden manchmal lauter als Worte".

Aber da gab es noch den Schuß in ihren Kopf, das gepiercte dritte Auge – der tödliche Schuß, wie der Gerichtsmediziner meinte.

Corpus callosum – Verbindung beider Hirnhälften –
Sinus sagittalis inferior – Verletzung der benachbarten
Hirnareale – capsula interna beschädigt – Herz der Moto-
rik – Hirnblutung – Drucksteigerung – Hirnstamm einge-
klemmt – Atemzentrum betroffen – Todeseintritt.

Der Gerichtsmediziner hatte keine Lust, seine Fachspra-
che ins Verständliche zu übersetzen.

Da erlöscht plötzlich die Mimik – Totenmaskenbildner –
ins urzeitliche gesetzt – letztes Gesicht – bleibendes – bis
zum letzten Hinbringen nun.

Was alle jedoch nicht wußten – nicht der Gerichtsmediziner, der Kommissar, die Polizisten, die Spurensicherer –
was sie alle nicht wußten die Außenbetrachter – was sie
nicht wußten, das war der Innenablauf der schrägen Todesfahrt – der Todesfahrt über die Gefühle, Schmerzhür-
den, Seelengallopaden, Traumfarbenspielspiralen – Nie
Gesehenes, nie Ausgesagtes – da es beim Durchsturz keine
Worte mehr gibt – und danach das Schweigen ist.

Was sie nicht wußten – noch nicht einmal ahnen konnten –

Der erste Schuß, das Durchschlagen der Hauthülle ins
Innere des Körpers – kaum gespürt – nur als Aufprall, als
Stoss – noch ohne Schmerzen – das Todesgeschoß war
schneller als der Schmerz, aber er holte ihn ein – eine
Kurzblitznarkose – eine Wand, dünn – und das ‚Ich‘ knapp
dahinter – Beobachtungskino durch die Wand zum Außen
des Körpers – seltsam – da war etwas da und nicht da –
erst der Schuß ins Hirn – Konzentrationsabläufe in Licht-
geschwindigkeit – aber wahrnehmbar, wie vordem im ehemaligen Zeitgeschehen – erlebt – rasend schnell und dennoch voll faßbar – nicht steuerbar aber – das flirrende
Licht der Seele – war es die Seele – zu nah vorbei – Hand
in Hand – mit was – ja – womit – wozu – wohin – ein Lauf
der Unklingenden – begleitet von einem nie vorher erlebten explosiven Orgasmus – eine schreiende, jubelschrei-

ende, schmerzvolle Explosion – ein Vulkanausbruch –
heiß in die Vernichtung jagend – Schmerz und Wollust ge-
bündelt in einem aufzuckenden Licht – und plötzlich ein
rasender vernichtungssuchender Schmerz, umarmt von einem Glücksgefühl – und ihr Schoß ergraute – oder war es
nur ein vorbeihuschendes Bild – Hypnose auch – ohne
Zeit auch das – die Farbe Blau in ein schissiges Gelb ver-
wickelt – Schleier von Rosa – rot – zierlich – Farbhusten –
beschwerlich – auf einmal ein weißer Schatten – ein En-
gelsflügel – so hingedacht – Glasengelsignale – unstoff-
lich – unhörbar, aber – da – ein Segen hingestellt – kurz
vor erreichen der Ziellinie – Grenzen zerborsten – aber
ohne Freiheitsöffnung – ja, doch – die Evolutionswände
brechen ein – Unnötiges zerspringt im Nötigen.

Da fliegt das weg, was einmal Wissen war – was ist das
Wissen, wenn es nicht mehr Wissen ist.

Eine Spritze Adrenalin – Kurzhochsprung der Seele –
der Ausgang – da – dort nun – der einzige – der einzig ge-
bliebene – die Angst flieht davon – der Ausgang aus allem
– das ist es – weg – weg nun von allem – wer sagte das
doch einmal.
Beim Schlaf hat die Seele Ausgang – beim Tod wird die
Wohnung gekündigt. Und keine Nachsendeadresse mehr –
ein dummes Nachlachen dazu – quadratmeterweit – das
‚Ich‘ ausgemessen – zählt nicht – zählt nicht mehr – raumlos – raumlos – aus der Zeit gefallen – verspiegelt – ausge-
spiegelt – blinde Bilder – haben kein Echo – Wenn sie
noch etwas sagen dürfte – sagen könnte, dann wäre es
vielleicht das.
Mit dem Tod der Erlebnis stirbt alles, was man je gesehen hat, geschmeckt, gefühlt hat – das Fenster, die Wand,
der Elektroherd, die Gräser auf der Wiese, die Blumen, die
Bäume, die Wortlaute, der Lärm und die Stille, die Musik,
der Geschmack der Bratwurst mit Senf, der Biß in das

Steak, das Augenblitzflirten bei einer Begegnung, auch die Begegnung selbst, das Fahrrad, der Führerschein, die Wolken, der Regen, Kino, Theater, Dunkelheit, das Lachen, das Weinen – alles , alles stirbt mit Dir im Sterben.

Welch eine Perspektive zum Todeshingang –

Den Täter hatten die Polizisten auf einen Stuhl gesetzt. Dort saß er unbeweglich mit fast verloschenen Augen – leer.

Plötzlich und für uns alle unerwartet –
Die gemeinsame Zeit ging ganz plötzlich zu Ende –
Völlig unerwartet und für uns alle unfaßbar –
Der Herr hat's gegeben – Der Herr hat's genommen.

Tod – tot – Tod – tot – Tod – tot – Tod –

Die schwarze Garde war noch anwesend – noch am Tatort – eine kleine Ratlosigkeit mit zynischem Lächeln überspielt – man bleibt kühl – man bleibt cool – Berufszutat.

Das Geschoß hat die Aufgabe, die für die Zerstörung notwendige Energie ins Ziel zu transportieren und dort in Arbeit (Zerreißen von Gewebe, Durchdringen von Materialien) umzusetzen.

Es geschehen Dinge, die wir nicht begreifen und wir
stehen machtlos und stumm daneben
Tennisclub „Rot Weiß" trauert um sein Mitglied

Dringt ein Geschoß in einen Körper ein, so schädigt es Gewebe und Organe und reizt dabei Nervenenden. Dadurch werden bei dem betreffenden Lebewesen Schmerzempfindungen erzeugt und – als Folge der Gewebezerstörung – sekundäre Reaktionen ausgelöst (z. B. Blutungen, Lähmungen). Diese Erscheinungen führen innerhalb einer gewissen Zeitspanne zu einer mehr oder weniger starken Beeinträchtigung der Handlungsfähigkeit des Getroffenen. Die Zeitdauer bis zum Einstellen seines Handelns und der Grad der Handlungsunfähigkeit sind die maßgebenden Größen der Geschoßwirkungen.

Wie ein ‚Amen‘ wehte da etwas jetzt in den kühlen Raum – von Niemandem bemerkt – die Sachlichkeit, die Rechtwinkligkeit war hier gefragt – Sentimentalitätsstaub konnte es dabei nicht geben – und doch – ein angelesenes Wissen – irgendwann einmal abgetaucht ins Unterbewußtsein.

Dem menschlichen Gehirn gehören 100.000 Milliarden Hirnzellen an und jede kann mit tausend anderen kommunizieren – Zum Vergleich – seit der Geburt Christi sind 63.000 Milliarden Sekunden vergangen – (Da müssen die Computer Nachhilfestunden nehmen)

Auch der erneute Versuch des Kommissars, mit dem Täter eine Wortbeziehung herzustellen – hoffend, dass die Schockzeit weitgehend verklungen sei – auch dieser Versuch scheiterte – keine Antwort – auch nicht auf die einfachsten Fragen – noch immer nicht ansprechbar.

Die Länge des graden Einschußkanals ist von der gyroskopischen Stabilität des Geschosses, vom Anstellwinkel im Auftreffpunkt, und – in geringerem Maße – auch von der Spitzenform abhängig.

Ja – da standen sie noch herum, die Handelnden und Unhandelnden – wie Statisten – Wie ein Chor in griechischen Tragödien – es gab keinen Glanz ins Vertrübte.

Kurz vor Vollendung Ihres 37. Geburtstages –
In tiefer Tauer –

„Bringt ihn raus" – der Kommissar zu den Polizisten. Sie wollten ihm Handschellen anlegen. Der Kommissar winkte ab. Dieser Mann war keine Gefahr mehr –

Sie nahmen ihn in ihre Mitte – jetzt sprach er wieder – aber auch jetzt nur –

das Licht ist erloschen –

das Licht ist erloschen –

Einer der Polizisten tippte sich an die Stirn – Der Kommissar sagte zu seinen Kollegen: „Es gibt auch ein Leben nach diesem Freitag" – was sollte das – nur eine peinliche Entgleisung – oder –

Da rückten auch schon die Totenträger an. Den Blechsarg neben das Opfer gestellt –

Ja – da ging sie nun auf ihre letzte Reise – die Alice Bergner.

Aber ihr Name war nur wertlos geworden.

PAG und ZUG

David Thunderstorm war der zweitgeborene Sohn reicher Eltern. In der Familie gab es fünf Kinder, zwei Knaben und drei Mädchen. Sein Vater war Senator im Senat der Staaten. Er war sehr populär und von seinen Gegnern gefürchtet. Er kannte keine Rücksicht, wenn er sich aufgerufen fühlte, zu kämpfen für Wahrheit, Recht und Freiheit und war somit ein rechter Bürger seines Landes, ein echter Ritter alter amerikanischer Tradition. Vielleicht war es das nie erreichte Vorbild des Vaters, das David Thunderstorm später so kühne, einmalige aber zutreffende Wege gehen ließ.

Zum besseren Verständnis der Person David Thunderstorms und seiner zukunftsweisenden späteren Taten müssen noch einige Erläuterungen hier angefügt werden. Der erstgeborene Sohn Bernd, von Eltern und Freunden nur ‚Bernie‘ genannt, war das anerkannte geniale Glückskind der Familie. David stand immer im Schatten des großen, strahlenden Siegerbruders. Er hatte sich aber kaum an seine Rolle als ewig Zweiter, als ewig Mißbegünstigter gewöhnt, da mußte er unversehens eine Rolle übernehmen, auf die er nicht vorbereitet war. Bernie, der ‚Strahlende‘, war eines Tages dem holden Dollarparadies seiner hochanständigen Eltern entflohen und hatte auf den hawaiischen Inseln ein neues unerwartetes Dasein in einer Strandhöhlen-Kommune begonnen. Das Unglück geschah zwei Tage nach Davids Geburtstag. Es war sein Achtzehnter. Alle Versuche der Eltern, den Lieblingssohn zu retten und in den Dollarschoß der Familie zurückzuführen, scheiterten. Bernie hörte zwar jeweils respektvoll zu, wenn die Familie oder die Abgesandten der Familie (worunter sich auch hochbezahlte Seeleningenieure befanden) mit ihm verhandelten, schickte sie aber dann jeweils mit einigen ordinären Sätzen begleitet wieder nach Hause.

Dass David, der Zweitgeborene, den Namen Thunderstorm trug, kann nur als böser Schicksalsakzent bezeichnet werden. Seine Brust war zwar stark behaart, auch auf seinem Rücken waren diese Merkmale der Männlichkeit sichtbar, aber im übrigen war er alles andere als das, was der Begriff ‚Thunderstorm‘ in der englischen Sprache meint. Er war klein von Statur, seine Stimme war hell und trug nicht. Aber unter der versteckten Gehemmt- und Unsicherheit glühte ein Vulkan. Um jeden Preis wollte er den übergroßen Schatten seines Bruders besiegen.

Nach dem Fall Bernie konzentrierten sich alle Hoffnungen der Familie Thunderstorm auf ihren Zweitsohn, auf David. Für ihn gab es kein Entrinnen, zumal er in seiner Rolle als Zweitsohn das Nachgeben gelernt hatte. Der Rollenwechsel ging zunächst nicht ohne Komplikationen vor sich, aber wie so vieles, dem nicht entgangen werden kann, wurde daraus schließlich Routine.

Da war zunächst die Hotelkette, die dem Senator gehörte. Sie sollte eigentlich einmal von Bernie, dem ‚Strahlenden‘, geführt werden, der aber nun ein Schlaraffenleben im heißen Sand der Islands mit Freunden und hingebungsvollen Mädchen führte.

David wurde nichts erspart, als er in der Hotelbranche von seinem Vater untergebracht wurde. Wer angenommen hätte, dass der Herr Senator seinen Sohn weich betten würde, der hatte sich in ihm gründlich getäuscht. Auch er hatte einmal von ganz unten angefangen, wie alle Amerikaner, und auch seine Söhne sollten hier ihre Startlöcher suchen – das heißt, natürlich nun nur sein ihm verbliebener Sohn David. Und David fügte sich und wusch Teller in der Küche, was ja auch schon immer eine Erfolg versprechende Anfangsbeschäftigung für künftige Millionäre in Amerika gewesen sein soll. Und wenn er sich auch am heißen Wasser seine Finger verbrühte, David hielt durch. Er wollte es ihnen schon zeigen, seiner stolzen Senatorenfamilie.

Er wollte sie beschämen, da sie ihn früher so falsch, ihn so zweitrangig eingestuft hatten. Nicht nur seinen Vater, auch seine stolze Mutter, die hier noch nicht erwähnt wurde und eigentlich auch nicht erwähnt zu werden brauchte.

Deshalb nur kurz zu ihr: was sie ist, war und tat, ist mit ein paar Worten umrissen. Sie war eine stolze, kühle, ja, kalte hagere Frau. 1,76 m groß, blond bis rothaarig. Viel weibliche Reize waren ihr nicht verblieben – und es darf daran gezweifelt werden, ob sie in ihrer Jugendblütezeit viel mehr als jetzt hatte vorweisen können.

Dass sie fünf Kinder in die Familie eingebracht hatte, war unter diesen Umständen erstaunlich. Ihr Stolz und ihre Unnahbarkeit wurden noch überholt durch ihre Prüderie – sie war geradezu eine Galionsfigur der Moral. Für den Senator war sie aber gerade deshalb von unschätzbarem Nutzen, denn seine Landsleute bewunderten und liebten Verkörperungen dieser Art.

David entwickelte sich. Bald schon wurde er in die Leitung der Hotelkette hineingenommen, bald schon saß er im Aufsichtsrat der Ballin – Der Senator hatte sie nach dem alten und bekannten Familiennamen seiner Frau benannt.

David wurde von seiner Umgebung akzeptiert. Er hatte sich gemacht. Er wurde als Fachmann geachtet. Ihm wurde zugehört, wenn er etwas vorzubringen hatte, und auch sein Vater, der Herr Senator, sah dem Treiben seines Sohnes David mit zufriedener Gelassenheit beistimmig zu. Und so hätte eigentlich nun alles problemlos weitergehen können. Nichts stand David und dem stetigen Weg nach oben entgegen. Er hatte nur Schritt für Schritt, ohne Hast, auf dem einmal eingeschlagenen Pfade weiterzugehen. Er würde das Imperium seines Vaters und dessen Millionen mit absoluter Sicherheit einmal erben, denn der abtrünnige Erstsohn Bernie war vom Dollarsegen und Aufstieg inzwischen von dem grimmigen Senator und seiner kühlen Rotblonden ausgeschlossen worden. Ihm, David, würde einmal alles gehören. Es blieb nur, den Zeitpunkt abzuwarten, bis der Senator in die puritanische amerikanische Erde biß. Und dieser Zeitpunkt war absehbar.

Aber David Thunderstorm wollte sich nicht damit begnügen, geachtet und akzeptiert zu sein. Er wollte Bewunderung. Er kämpfte noch immer mit dem Schatten seines Bruders, obwohl Bernie wahrhaftig keinen Schatten mehr warf. Aber Verhaltensweisen, wie die von David Thunderstorm, lassen sich eben nicht allein über logische Definitionen bloßlegen.

David hatte lange nachgedacht, lange bebrütet über Ideen, die ihn schon bald zu bewegen begannen, nachdem er begriffen hatte, wie die Geschäfte liefen. Und eines Tages, während einer internen, fast geheimen Aufsichtsratssitzung, wagte er den ersten Versuch, seine Gedanken anzubringen, zumal er sicher sein konnte, dass ihm zugehört wurde, da sie dem Sohn des Herrn Senators gegenüber auch gar keine andere Wahl hatten. Trotz allem fiel David dieser erste Schritt schwer. Er haßte nichts so sehr wie eine Blamage. An einem trüben Regentag, an einem Mittwoch den 12. März, 11 Uhr 25, begann sich der neue David Thunderstorm der Aufsichtsratsgruppe mit seinen Ideen vorzustellen. Durch seinen Vater, den Herrn Senator, zu amerikanischen Wahrhaftigkeit aufgerufen, begann er rücksichtslos darzulegen, was es mit dem Hotel- und Gastbetrieben in Wirklichkeit auf sich hatte. Glücklicherweise war sein Vater, der Herr Senator, bei dieser Sitzung nicht anwesend. Der Herr Senator, als guter Amerikaner, schätzte zwar die Wahrhaftigkeit über alles, wenn es jedoch um Geschäfte ging, dann waren für ihn andere Maßstäbe angebracht. Er vermochte beide Standpunkte mühelos miteinander zu vereinen, und keinem aus seiner näheren Umgebung war dabei bisher etwas aufgefallen.

David Thunderstorm war an jenem Tage routinemäßig der Vorsitz im Aufsichtsrat zugefallen, und er nutzte diese Chance. Er begann seine Rede, die eher als Vortrag in einem College eingestuft werden könnte, mit einem sehr allgemein gehaltenen Überblick über die Entwicklung des Gastgewerbes. Dass dieser Ausflug in die Gaststättenhistorie eher oberflächlich ausfiel, in Anbetracht des Umfangs der Materie, störte keinen der anwesenden Herren, denn keiner von ihnen hatte sich bisher veranlaßt gesehen, sich für diese spezielle Seite der Geschichte zu interessieren, da hier kein noch so kleines Dollarfeld abzuernten war.

David rückte seine Brille zurecht und blickte noch einmal nervös in seine Notizen und begann, in die wartende Stille der versammelten, würdigen Herren zu sprechen, von blauem wohlriechenden Zigarrendampf leicht eingeschleiert.

„Meine Herren" –
über überflog noch einmal die Runde der gediegenen schwarzen Anzüge, besorgt darum, ob sie ihm auch genügend Aufmerksamkeit widmen würden – aber da war nichts zu befürchten. Sie blickten ihn interessiert gelangweilt an, mit einem Wort, sie trugen die gleichen Sitzungsgesichter wie immer über ihren wohlgestärkten weißen Hemdkragen.

„Meine Herren –
Ich habe mir erlaubt, einmal darüber nachzudenken, weshalb es Gaststätten und Gäste gibt." Diese Eröffnung verwunderte zwar die Herren, denn Ursprüngen von einmal Gegebenen nachzuspüren, schien ihnen unnötige Zeitverschwendung. Ihre Gesichter allerdings zeigten nichts von ihren Gedanken bis auf die linke Augenbraue des weißhaarigen Gegenüber von David, die kaum merklich etwas angehoben wurde.

„Schon zur Zeit der Römer und Griechen, selbst im hohen Norden Germaniens gab es schon Gastwirtschaften, wie Tacitus in seinen bemerkenswerten Schriften mehrfach erwähnt. Sie wurden notwendig, da die nachbarliche, mehr familiäre Gastlichkeit, nicht mehr ausreichte. Es gab zu viele Fremde, die unterwegs waren und gastliche Hilfe suchten. So entstanden Sammelpunkte, die allerdings, im Gegensatz zur ehemaligen Gastfreundschaft der Familie, nur gegen Geld oder Geldeswert Gastlichkeit anboten. Die Gastfreundschaft entfiel. Die Freundschaft darin wurde durch Geld ersetzt. Also ein reines Zweckunternehmen, um Geld zu machen, wobei sowohl dem Reisenden, der Unterkunft und Verpflegung suchte, gedient war, wie dem, der daraus ein Geschäft machen wollte. Durch raffinierte Verfeinerung gelang es im Laufe der Zeit, dem Gast immer näher an die Brieftasche zu kommen. Die Gäste nahmen das hin, weil ihnen keine Wahl blieb und ihnen ein Service angeboten wurde, der zwar in keinem Verhältnis zum geforderten Preis stand, aber durch kleine Annehmlichkeiten und täuschenden Glanz akzeptabel erschien."

David legte eine Pause ein. Aber keine Anmerkung erfolgte auf diese ersten Sätze Davids. Die Gruppe der Hotelgeschäftsentscheider kam David in diesem Augenblick wie eine Gruppe von Puppen hinter blauen Zigarrenrauchschleiern vor. Und David sprach weiter. Er sprach lange. Oft stockend, nach Worten suchend, dann plötzlich rasch sich steigernd, fast begeistert, ohne allerdings seine schweigende Runde zu erkennbaren Reaktionen verleiten zu können. Langsam, nach nahezu drei Stunden, kam David zum eigentlichen Ziel seines Vortrages. Noch einmal faßte er den letzten Teil seiner Rede zusammen. „Unsere Aufgabe kann es demnach also nur sein, dem Gast so viele Dollar wie nur möglich aus seiner Brieftasche zu locken. Das Äußere unserer Gäste sollte dabei keine Sekunde ins Kalkül gezogen werden. Für uns hat es unwichtig zu sein, ob einer häßlich oder schön, ob einer ein Gangster oder ein Retter der Menschheit ist, nur eine Bedingung muß er erfüllen: Er muß bezahlen können, was wir ihm abverlangen. Selbst ein Christus ohne Portemonnaie hat in unseren Gaststätten nichts zu suchen. Noch einmal: Nur wer unsere Preise bezahlen kann, darf zu uns gehören."

David blickte in die Runde mit bedeutsamen Blicken. Die Runde schien gelassen wie zuvor. Und so ging seine Rede weiter. „Wer diese Grundlagen der Gastlichkeit genau, unsentimental und realistisch erfaßt hat, sollte von diesem Punkt an nun Überlegungen anstellen, wie sich unser Programm noch präziser dem erstrebten Gewinnziel zuordnen läßt. Ich habe ein Programm ausgearbeitet, das ich abgekürzt F.C.S. nennen möchte, ‚Four Class System'! Vier Klassen von Gastlichkeit sollten wir in Zukunft unseren Gästen je nach Geldbeutel anbieten. Die erste Klasse sollte natürlich und selbstverständlich nur ‚First-Class-Dollargästen' vorbehalten bleiben. Der Service hierfür sollte mit Hilfe von Psychologen bis in die winzigste Kleinigkeit ausgearbeitet werden. Hierzu gehören sollte zum Beispiel gedämpftes Licht, gedämpfte Gespräche und gedämpfte Kellneranfragen. Auch Damen von erlesenster Schönheit sollten zur Unterhaltung der Gäste zur Verfügung stehen – eventuell müßten sie im Preis ganz eingeschlossen sein." Ein verlegenes Hüsteln an Davids linker Seite war in diesem Kreise schon fast eine Überreaktion.

Und nun entwickelte David sein gestuftes ‚Vier-Klassensystem'. Und das alles unter einem Dach. Das brachte zusätzlich den Vorteil mit sich, dass die jeweils obere Klasse sich der unteren überlegen fühlen konnte. Die Herren des Aufsichtsrates verließen nach der Rede schweigend das Sitzungszimmer, was einer Mißbilligung gleichkam.

Die Pläne Davids wurden verworfen. Sein Vater, der Herr Senator, war sehr verärgert über die Ausführung seines Sohnes, der hier zum ersten Male in seinem Leben so etwas wie Eigeninitiative gezeigt hatte, allerdings am falschen Platze, wie sein Vater, der Herr Senator meinte. Es sei jedoch zugegeben, und David sah das später ein, dass seine Pläne unfertig, nicht ausgereift und vielleicht sogar

unsolide waren. Kurz und gut. Sein Ausscheren aus der
Reihe brachte David die Versetzung zur Selbstbedienungsladenkette seines Vaters ein. Hier, glaubte sein Vater, könne David keinen Schaden anrichten. Doch David war sich
treu geblieben. Auch in der Selbstbedienungsladenkette
seines Vaters, des Herrn Senators, dachte er ständig darüber nach, wie es zu schaffen sein könnte, nicht nur einer
der üblichen Thunderstormer bleiben zu müssen, sondern
vielmehr einmal ‚der‘ Thunderstormer genannt zu werden,
möglicherweise nur schlicht ‚David der Große‘.

Von Beginn seiner neuen Tätigkeit an in einer der Filia-
len der Selbstbedienungskette seines Vaters, des Herrn Senators, beobachtete David systematisch Kunden und Verkäufer. Er machte sich Aufzeichnungen über Kaufverhal-
ten, über die ‚Verkaufspropaganda‘ seiner Verkäufer (diesen Ausdruck hatte David geprägt) und wie sie aufgenommen wurde. Er hielt in Stichworten fest, wie weit sich
Käufer und Verkäufer jeweils engagierten, wie und weshalb sie sich über einen Kauf zusammenfanden. Und er
machte im Laufe seiner Beobachtungen eine für ihn wichtige Entdeckung. Es kam den Käufern letzten Endes gar
nicht darauf an, was sie kauften, viel wesentlicher war ihnen, dass sie überhaupt kaufen konnten. Auch seinen Ver-
käufern war es im tiefsten Grunde völlig unwichtig, was
sie verkauften, wenn sie nur etwas anbieten und loswerden
konnten. Auf dieser simplen Erkenntnis fußte die geniale
Idee David Thunderstorms. Er fragte sich, weshalb sollte
man den umständlichen Weg über die Ware gehen, wenn
es den Kunden doch eigentlich nur darum ging, Geld für
etwas loszuwerden, für etwas, das sie in den meisten
Fällen ohnehin nicht brauchen konnten. Wozu sollte man
ihnen die Mühe und Last aufbürden, die gekaufte Ware
auch noch wegzutragen und dafür daheim einen Platz
auszusuchen, um sie abzustellen. Es müßte doch eigentlich genügen, sagte sich David Thunderstorm, ein Waren-
angebot an den Kunden zu machen, ihn die Offerte akzep-

tieren zu lassen, seinen Scheck oder das Bargeld entgegenzunehmen und – Good-bye zu sagen.

David Thunderstorm war von dieser Idee, die alles auf einmal so leicht machte, begeistert. Er entwarf sie, brachte sie fertig aufs Papier und überlegte, wie er sie in die Tat umsetzen könne. Er nannte seine neue Verkaufsidee

‚P A G und Z U G‘

was soviel heißen sollte wie ‚Pay and Go‘ oder das Entsprechende in den Landessprachen der jeweiligen Länder, in denen die neuen Läden entstehen sollten. So beispielsweise für Deutschland ‚Z U G‘ oder ‚Zahle und Geh‘.

David hatte eines Tages sogar den Mut gefaßt, seinen Vater, den Herrn Senator, in seiner weißen Villa zu stellen. Er hatte ihm seine Pläne vorgetragen, aber keinerlei Verständnis für sie gefunden. Im Gegenteil, sein Vater hatte, erschreckt durch den Hawaii-Abgang seines ersten heißgeliebten Sohnes Bernie, ihn, David, sofort psychiatrisch untersuchen lassen. Der Senator ging noch weiter, er drohte Enterbung an, wenn sein Sohn nicht von derartig abwegigen Plänen ließe. Das klang aus seinem reinen amerikanisch puritanischen Kreuzrittermunde, als spreche er von etwas Obszönem, von Abartigkeit, ja, sogar von Sex.

David hütete sich denn auch, jemals wieder über seine geheimen Gedanken im weißen Haus seiner Eltern zu sprechen. Aber aufgegeben hatte er seine Idee deshalb noch lange nicht. Er verfügte über ein nicht unbeträchtliches Eigenvermögen und das gedachte er, in seine Idee zu stecken. Wie gedacht so getan. Er begann sein PAG-System mit zwei Läden in den USA. Sie sollten die ersten Sprossen der Davids-Leiter werden. So wollte er seine PAG-Geschäftskette einmal nennen. Die Kunden würden in jenen PAG-Läden, vor kleinen Bildschirmen sitzend, ihre Waren durch Knopfdruck wählen. Je nach Knopfdruck würde die gewählte Ware auf dem Bildschirm vor den Augen der Zahlwilligen sichtbar werden. Wenn ihre Entscheidung gefallen war, hatten sie nur einen leicht erreichbaren Hebel, der mit den Buchstaben ACT bezeichnet war (was heißen sollte: accept oder gekauft), zu bedienen.

Der Monitor-Waren-Vorzeig-Apparat gab nach vollzogenem Hebeldruck eine Rechnung frei, die an der Kasse mit freundlichem Lächeln nach Zahlung quittiert wurde. Und der Käufer verließ sein PAG-Geschäft frei und unbeschwert, die gekaufte Ware vielleicht noch als Monitor-Bild in der Erinnerung mit sich tragend. Das Ganze war mit leiser, eingängiger Musik umspielt.

Mit Bangen hatte David der Eröffnung der ersten beiden PAG-Geschäfte der Davidsleiter zugesehen. Aber seine Nervosität, von den Vorurteilen des Senatorenvaters herrührend, wäre unnötig gewesen. Vom ersten Tage an schlugen die Läden ein. Sie wurden ein ungeheurer Erfolg. Sie waren die revolutionären Befreier von lästiger Materie. Sie machten den Konsumrausch zum Rausch ohne Reue.

Längst gibt es in den USA nicht nur eine ‚Davidsleiter‘. Ebenso wie in den Staaten waren die PAG-Läden auch in den meisten übrigen Ländern ein durchschlagender Erfolg. In Deutschland dauerte es erstaunlicherweise ein bißchen länger, bis sie sich durchgesetzt hatten. David irritierte das, und er ließ mehrere Gutachten über das ‚Deutsche Phänomen‘, wie er es nannte, anfertigen, aber sie brachten nicht viel ein. David tröstete sich mit der Feststellung, den Deutschen fehle es eben an Phantasie. Damit mag er in der Tat recht haben.

Eines sei hier noch angemerkt. Der riesige Erfolg der PAG-Läden ging auch an Vater Senator nicht spurlos vorüber. Eines Tages ersuchte er seinen Sohn David, seine eigene Selbstbedienungsladenkette, den David-Leiter-PAG-Geschäften, anschließen zu dürfen.

Es war der stolzeste Tag im Leben Davids. Er hatte endlich den Schatten seines Bruders überholt.

Professor Schnurrs größter Erfolg

Ich heisse Klam Heihmlich. Das klingt erfunden, aber das ist es nicht. Das Heihmlich ist mein Familienname und bei dem ‚Ei' darin ist ein H nach dem Ei. Und Klam wird nur mit einem M geschrieben und ist nichts als eine böswillige Erfindung von einigen sogenannten Freunden, denn es ist nur die Abkürzung für Klaus, Arthur, Martin.

Ich bin Student im letzten Semester, im Examenssemester. Ich bereite mich auf meinen Doktor vor und schreibe an meiner Doktorarbeit. Die Dissertation hat das Thema: ‚Das feminine Element in Exklusivsituationen innerhalb biologischer Ablaufe'. Daraus ist zu erkennen, dass ich Biologe bin beziehungsweise werden will. Mein Doktorvater ist der weit über Mainz hinaus bekannte Biologe Professor Dr. Manfred Herbart.

Ein Student hat knappes Geld. So bleiben Überlegungen, wie man die schmale Kasse etwas auffüllen kann. Bei mir ergab sich das von selbst. Ich beutete einfach mein Wissen aus, besonders mein Spezialwissen über meine Dissertation „Das feminine Element in Exklusivsituationen innerhalb biologischer Abläufe'. Mit einem Wort, ich hielt Vorträge vor einem staunenden meist unwissenden, aber lernbegierigen Publikum. So hielt ich wieder einmal eine dieser Rededarstellungen im ‚Akademischen Club.' der Mainzer Universität. Ich sprach über ‚Ist das Verhalten des Spinnenweibchens nach dem Akt durch ein atypisches Verhalten der männlichen Spinne bedingt?' Ein Thema knapp neben meiner Dissertation. Immerhin, es waren elf Zuschauer, besser gesagt wohl ‚Zuhörer', gekommen. Ihre Gründe habe ich nicht erforscht. Es gab ein Pauschalhonorar. Damit war es ziemlich unwichtig, wie viele kamen und ob sie vom Gegenstand des Vortrages etwas verstanden oder nicht. Immer wieder kam es vor, dass nach derartigen Vorträgen Wissensverstörte den Referenten ansprachen und Fragen stellten, die sie sich lieber hätten ersparen sollen. So geschah es auch nach meinem Vortrag (übrigens mit Dias). Ein Herr Brings, wie er sich vorstellte, hielt mich mit einigen Fragezeichen fest. Und, ich weiß nicht, wie es geschah, er schleppte mich ab zu sich nach Hause. Er lockte mit einem leckeren Mahle und einem Dreistern-Cognac. Ja, da liefen die Beine wie von selbst.

Brings war Schwiegervater eines Grafikers, und in dessen Atelier saßen wir dann allesamt bei Essen und Branntwein - zusammen mit der jungen und bildschönen Frau des Künstlers, mit der brünetten Madeleine. Der Funke sprang schon vor dem ersten Cognac über. Madeleines Augen konnten sprechen, und was für eine Sprache. Ihr Erich, ihr Kunstgrafiker merkte nichts von diesem erotischen Regenbogen – auch Vater Brings nicht.

Es wurde ein cognacgelbverglänzter, wunderbarer Abend – wunderbare Nacht. Ich blieb dort für den Rest der Nacht, da mich nur noch ein Taxi hätte fortbefördern können.

Es war ein Kuß. Ein Kuß von Madeleine. Und ich spürte wieder einmal eine Bestätigung dafür, dass ich mit meiner Dissertation auf dem richtigen Wege war, dem lebendigen. Es war nur ein Kuß – nur einer – doch was heißt ‚nur‘ – es war eine himmlische Versprechung. Natürlich nicht für die erste Nacht – wohl auch nicht für die zweite, aber dann – – – Nur eines störte mich immens und von Nacht zu Nacht mehr – das war ihr Ehemann, ihr Erich-Ehemann. Nein, nicht weil er ihr Ehemann war, nein, nur weil er die ganze, die halbe Nacht immer nur am Apfelsaft genuckelt hatte. Meine Sticheleien störten ihn nicht. Er war ein friedlicher Mensch. Er war das, wozu meine Mutter mich gern gemacht hätte.

Brings und sein biologisches Interesse wären mir absolut wurscht und piepe gewesen, wenn nicht der ferne Rauch des heißen Madeleine-Feuers mich immer wieder verlockt hätte. Aber Brings und der Erich verstanden das offensichtlich nicht und hatten die Augen starr auf die Biologie gerichtet. Auch Erich nun – ja nun auch Erich. Es war ein Spiel. Ein Spiel mit verdeckten Karten. Selbst ein Strukturen-Bilder-Künstler konnte doch eigentlich nicht so dämlich sein, so ahnungslos – aber er war es. Wahrscheinlich stimmt das Wort des Philosophen ‚Was zu nahe steht, das sieht man nicht‘. Von einem Chinesen, oder nein, war es nicht ein Thailänder oder doch nur ein Niederländer? Unwichtig. Und immer noch nuckelte Erich am Apfelsaft, direkt neben unserem Kognak oder Wein. Immer nur Apfelsaft – friedlich ins Necken laufend Da stach mich der Hafer. Ich wollte versuchen, dem friedlich grasenden Strukturgrafiker den Apfelsaft abzugewöhnen oder zumindest ihm zu versauern. Und so erzählte ich eines Abends eine kleine Geschichte, die voll und ganz erfunden war und wissenschaftlich ganz und gar unhaltbar, aber das muß man eben erst einmal wissen. Ich gab vor, einen besonders interessanten Artikel in der ‚Medizinischen Wochenzeitschrift‘ gelesen zu haben. Es war eine Untersuchung des bekannten Biologen Professor Dr. Schnurr. Er verkündete, das Problem liege darin, dass bei Apfelsaft fast ausschließlich Fallobst verwendet werde und sich in diesen Fallobstäpfeln lebende Maden befänden. Oft mehr als eine. Diese Maden würden natürlich beim Auspressen der Falläpfel getötet. Und, wie man weiß, auch der kleinste Wurm krümmt sich, wenn er gepreßt wird. Kurz und gut. Schnurr stellt dann fest, daß im Augenblick des Wurm- oder Madentodes diese kleinen Lebewesen einen winzigen Todestropfen ausstoßen. Diesem Tröpfchen gab er die wissenschaftliche Bezeichnung ‚Penektrin'. Ein Fallobstapfel gegessen, auch mit dem winzigen Tröpfchen Penektrin schade nicht, jedoch die Menge des Penektrins, die bei der Massenauspressung von Falläpfeln entsteht, bewirke beim Menschen eine negative Reaktion, sehr negativ auf die Dauer. Dieses Penektrin nun in der Menge wirksam, könne beim Manne Impotenz hervorrufen. (Einige Wissenschaftler behaupten sogar neuerdings, dass dies unabweisbar sei). Wie der Professor, der diese, seine Entdeckung zur Weiterforschung gab, aussagt, ergibt sich dann der sogenannte ,,Schnurr-Effekt', nach Professor Dr. Schnurr benannt.

Auf diese wissenschaftliche, wichtige Nachricht von mir erfolgte zunächst nur ein längeres, aber bedeutsames Schweigen. Ich nahm kaum wahr, dass Madeleine das Glas mit dem Apfelsaft wie zufällig beiseite schob und Erich somit nun trocken mit uns saß. Als ich jedoch am nächsten Abend wieder vor dem Erich-Tisch saß, merkte ich, dass ich ins Schwarze getroffen hatte. Aber nicht, wie ich gehofft hatte, dass er nun den Apfelsaft mit einer Flasche Bier, einem Kognak oder zumindest mit einem Gespritzten vertauscht hätte. Nein. Er hatte nur den Saft gewechselt. Nun trank er Traubensaft. Mein Gelächter stieß auf Unverständnis. Erich blieb von nun an beim Traubensaft.

Eines Nachts dann – als der Morgen schon hereintorkelte, führte mich eine gütige Hand in das Schlafzimmer von Madeleine. Erich und sie hatten getrennte Schlafzimmer. Angeblich, da er schnarche. Sei es. Gute Ausreden und so weiter – Ich lag neben ihr. Es begannen gerade die ersten Fieber, da waren Schritte auf dem Flur zu hören. Das ergab abrupten Stillstand. Erich war auf den Socken. Du lieber Himmel und die Türe nicht abgeschlossen. Aber er klopfte nur und fragte, ob sie schon schliefe. Als sie ,nein' auf diese dämliche Frage sagte, tappte er wieder davon. Und hierbei erlebte ich wieder einmal die Wahrheit wissenschaftlicher Erkenntnisse. Bei diesem Flur- und Türgeschehen und dem Knappdialog dazu war bei mir unversehens etwas eingetreten, das man den klassischen Penektrin-Rückschlag nennen mußte, wohl auch eine penektrinische Verfremdung mit dem sogenannten ,Schnurr-Effekt'.

Da ich nicht zum Einschlafen auf den Daunenkissen zu Madeleine gekommen war und nun die Fieber stark gesunken waren, machte ich mich Erich-Ungesehen in den Morgen davon. Ich dachte einen Schmunzelaugenblick daran, das alles meinem Doktorvater Manfred Herbart zu erzählen, aber ich kam wieder davon ab, als mir der Kopf wieder freie Sicht gab.

Madeleine hatte mir das nicht verziehen, das allzu schnelle Aufgeben. Sie ließ mich fallen, abblitzen, vorbeirauschen – schade – Aber immerhin – so hatte die Penektrin-Geschichte doch noch ein Ergebnis gehabt – ein moralisches – Erich behielt ein treues Eheweib neben seinen Grafikstrukturen.

Wochenlang dachte ich noch wehmütig und verdrossen an diese verpaßte Madeleine-Nacht mit dem abschließenden Penektrinschock. Aber nach und nach begann ihr Bild zu verblassen und die Wunde zu vernarben. Aber bevor sie mir endgültig entschwand, widerfuhr sie mir wieder. Just zu einer Feministinnen-Tagung. Sollte dieses verfluchte Penektrin und der dreimal verfluchte Professor Schnurr sie nun sogar ins Feministinnen-Lager gebracht haben? Nein, nein. Doch nicht Madeleine, doch nicht – aber da saß sie knapp drei Reihen links hinter mir.

Es waren nur sehr wenige Männer zu dieser Veranstaltung zugelassen worden. Die meisten von ihnen waren ohnehin kaum als Männer zu erkennen. Sie sahen aus wie karge, strenge, ungefragte Frauen. Ich hatte Zutritt erhalten, da sie mir abgenommen hatten, dass ich dieses Feministinnen-Phänomen auf wissenschaftlichen Gleisen zu achtbarer Betrachtung führen wolle. Mir hingegen ging es nur um ‚Das feminine Element in Exklusivsituationen innerhalb biologischer Abläufe‘ und eventuell noch um ‚Das Verhalten des Spinnenweibchens nach dem Akt durch ein atypisches Verhalten der männlichen Spinne.‘ Aber das enthielt ich dem Komitee vor. Sie sahen mich als einen willfährigen, feminingestimmten Mann, wie sie mich wissen liessen. Und wie recht sie damit hatten. Ich wagte ihnen nicht zu sagen, daß ich von Knabenbeinen an immer lesbisch gewesen sei, ohne jede Abirrung – immer nur auf das Feminine fixiert.

Die mannigfachen Vorträge der Veranstalterinnen interessierten mich nicht. So viele männlichen Verklemmungen hatte ich selten aus Frauenmunde gehört. Ich begann mich mehr und mehr zu langweilen. Ich beobachtete statt dessen das Verhalten der Feminin-Figuren. Einige gähnten, später mehrere. Nanu denn! Aber es gab auch andere. Sie saßen da, als erwarteten sie, daß Blücher zur Attacke blase. Plötzlich kam mir ein Gedanke, der vielleicht etwas Bewegung in diese Weibchen-Eiszeit bringen könnte. Das alles, das alles hier, das war nicht radikal genug. Ich wollte es ihnen hinzeigen. Und ich begann eine Schrift zu entwerfen, die keinen Anspruch auf Logik oder Niveau erhob. In dieser Schrift sollten alle Worte, in denen ‚Mann‘ mit zwei ‚nn‘ oder ‚man‘ mit einem ‚n‘ vorkamen, jeweils durch ‚Frau‘ ersetzt werden, entsprechend auch alle Worte, in denen ‚Herr‘ mit zwei, ‚rr‘ oder ‚her‘ mit einem ‚r‘ durch ‚Dame‘ ersetzt werden. Auch jeder ‚Er‘ am Anfang oder in einem Worte sollte durch ‚sie‘ ausgewechselt werden.

Ein Wort zur Emanzipation
Die vielen Manipulationen von Mannheim bis Manila würden jedes Manometer zum Platzen bringen. Aber, wie heißt es doch: „Manche mögen es heiß.“ Man behauptet ja, dass in solchen Augenblicken die Herzmuskeln, die Herzschläge schneller heraufspielen. Davor haben manche jedoch Manschetten. Aber das sollte niemanden von Herkunft erschüttern. Es ist ja auch kein hervorragendes Mahnmal das uns erregen könnte. Das alles, das sollte man nicht zu weit heraushängen. Es ist ja sowieso nur ein Manöver. Ja. Man könnte es fast auf der Mandoline spielen - herzzerreißend. Nun brauchen wir nicht weiter hervorzureiten, das bedeutet aber kein Herumdrücken. Manche behaupten ja, man soll Mangold in Manhatten essen, das wäre gut für die Herzbeutel. Also keine Erschöpfung

herzeigen, seien wir vielmehr Mandanten der ungewollten Erschütterung.
Unterschrift/Professor Dr. Manfred Herbart

Ich wagte mich nach dieser Geistesanstrengung zu Wort zu melden. Da ich als Mann galt, nahmen sie erst nach einer halben Stunde Notiz von mir, um ihr Frauengesicht zu wahren und erlaubten mir dann ein Mikrofon. Ich erklärte ihnen, wie die Zukunft der Sprache in Ton und Schrift sein sollte, um endlich nachzuholen, was so lange versäumt wurde, so lange hintangestellt wurde. Und ich sprach ihnen meine Zeilen in Neufeministisch zu. Nun las und hörte sich das so an:

Ein Wort zur Efrauzipation.
Die vielen Frauipulationen von Frauheim bis Frauila würden jedes Frauometer zum Platzen bringen. Aber, wie heißt es doch: „Frauche mögen es heiß." Frau behauptet ja, dass in solchen Augenblicken die Damenzmuskeln, die Damenzschläge schneller damenaufspielen. Davor haben frauche jedoch Frauschetten. Aber das sollte niemanden von Damenkunft sieschüttern. Es ist ja auch kein damenvorragendes Fraumal, das uns sieregen könnte. Das alles, das sollte frau nicht zu weit damenaushängen. Es ist ja sowieso nur ein Frauöver. Frau könnte es fast auf der Fraudoline spielen - damenizereissend. Nun brauchen wir nicht weiter damenvorzureiten, das bedeutet aber kein damenumdrücken. Frauche behaupten ja, frau soll Fraugold essen in Frauhatten, das wäre gut für die Damenzbeutel. Also keine Sieschöpfung damenzeigen, seien wir vielmehr Fraudanten der ungewollten Sieschütterung.
Unterschrift/Professor Dr. Manfred Herbart

Ich erwartete ein tosendes Gelächter nach dieser extremen Wortfreilassung. Nein – nein - ein tobender Beifall, und ehe ich es mir versah, wurde ich von ihnen zum

Ehrenfeministen ernannt. Gott mag schützen. Oh Jesa Christa und Gespielinnen Petra, Johanna und Paula. Und voller Entsetzen dachte ich daran, dass ja nun mein Doktorvater Professor Fraufred Damenbart hieß.

Madeleine traf ich, wie es so oft unbestellt geschieht, am nächsten Tage nach dieser Tagung, als ich aus dem Bus stieg. Sie sah mich verächtlich an und meinte nur kritisch zu meinem gestrigen Vortrage: „Selten so etwas Dämliches erlebt." Dann entschwebte sie. Ihre Worte hatten mich getroffen, aber dann lachte ich laut. Ich konnte ihre Worte ja wieder zurückübersetzen, und dann hieß es „Selten so etwas Herrliches erlebt."

Der Musiker und das Weib
Anleitung zum Komponieren einer Sonate

Er war Meisterschüler eines prominenten Berliner Komponisten. Er galt als außerordentlich begabt – aber auch als außerordentlich faul – trank Cognac in jeder verfügbaren Menge, führte leidenschaftlich gern Streitgespräche, allerdings mehr, um seinen Gegner zu besiegen, als um der Sache willen. Mädchen hielt er im allgemeinen für unglückliche Geschöpfe, da nur wenige von ihnen das Glück erfahren konnten, ihm zu begegnen.

Größe: 1,73 m
Haar: Schwarz, teilweise gelockt
Augen: Grau
Besondere Merkmale: Narbe auf der rechten Wange.
                    Relikt eines Mopedunfalls.
Name: Petzold
Vornamen: Friedrich Bruno Arnold, genannt: Fritz.

Sie war geschieden, schrieb Gedichte und Kurzgeschichten, die hin und wieder in Zeitungen abgedruckt wurden, galt als besonders begabt auf dem Gebiet der Liebe, war anschmiegsam, bezeichnete sich selbst als ‚Moosfrau‘, wohl um ihre Kreatürlichkeit herauszustellen. Ihr Männerverbrauch war enorm. Es gab Schätzungen von Kennern – na – die ich allerdings für übertrieben halte.

Größe: 1,63 m
Haar: Schwarz, halblang, offen auf die Schultern
                fallend
Augen: Schwarz bis braun
Besondere Merkmale: Keine
Name: Strebe
Vornamen: Rosemarie Bertha Eva, genannt Rose.

Dass sich Fritz und Rose begegneten, kann man wohl kaum einen Zufall nennen. Beide waren wieder einmal auf Jagd und beide hielten jeweils den anderen für das geeignete Opfer. Aber beide sollten in ihrem Partner endlich auch ihren Meister finden, wobei ich allerdings nicht verschweigen darf, dass Fritz dabei schlechter abschnitt als Rose.

Eine Sonate ist ein Tonstück für ein, zwei oder mehrere Instrumente. Die Sonate hat drei oder vier Sätze.

Erster Satz:
Allegro – lebhaft.
Dem Allegro geht häufig noch eine kurze, langsame Einleitung voraus. Dem ersten Thema tritt ein gegensätzliches, zweites gegenüber, die dann in der Durchführung nicht einfach wiederholt, sondern zerlegt und wieder miteinander verknüpft werden.

Mögliche Zusätze: assai (sehr), di bravura (mit Bravour), con bria (mit Feuer), furioso (wild), giusto (angemessen), maestoso (würdig), molto (sehr lebhaft), non troppo oder non tanto (nicht zu schnell), moderato (mäßig schnell), risoluto (entschlossen), scherzando (scherzend), vivace (schnell).

Zweiter Satz:
Adagio – langsam, eindrucksvoll oder Andante – langsam.
Mögliche Zusätze: assai, molto – sehr langsam, breit, non tanto – nicht so sehr.
Das Adagio hat über die Tempobezeichnung hinaus den Charakter eines ausdrucksvollen, seelenvollen Stückes erhalten.

Dritter Satz:
Menuett oder Scherzo.
Das Menuett war im 17. Jahrhundert der Lieblingstanz der vornehmen Gesellschaft. Die Musik besteht aus zwei achttaktigen Wiederholungen, denen ein gleicher Teil,

Trio genannt, in einer Nebentonart angefügt wird, bis dann
wieder Teil I folgt.

Das Scherzo ist ein lebhaftes, fröhliches Musikstück, das
oft an Stelle eines Menuetts erscheint, meist mit überra-
schenden Einfällen.

Vierter Satz:
Rondo oder Finale.
In einem Rondo kehrt ein Hauptthema nach Gegenüber-
stellung mit Zwischensätzen mehrere Male wieder.

So hatte es mir Fritz cognacbeschwingt eines Nachts
erklärt. Und genau so eine Sonate hatte er am nächsten
Nachmittag bei seinem Kompositionslehrer abzuliefern.
Geschrieben hatte er noch keine Note, als er Rose begeg-
nete. Und als einer der Eifrigsten galt er wahrhaftig nicht.
Aber am nächsten Morgen war die Sonate geschrieben. Es
war eine erstaunliche Leistung.

Erster Satz:
Allegro
Vom ersten abschätzenden Blick, vom ersten gefühlvollen Händedruck bis zum grauschwarzgemusterten Polstersessel in Roses Wohnung, vom Polstersessel bis zum
Cognac mit Schallplatten von Bach und Haydn bis zur
breiten, zweischläfrigen Liege Roses waren es kaum drei
Schritte. Die Introduktion war von beiden allerdings bewußt breit angelegt worden. Gefühlssteigernde Sprödig-
keit unterstrichen durch die kühle Mathematik einer Bach-
fuge, dazu ein distanziertes Gespräch über Kunst, bewußt
jede Erotik ausklammernd, die Skalen von kalt bis leidenschaftlich durchlaufend, mußte rasch jeden Siedepunkt
erreichen, nach dem selbst ein Bach oder Haydn und Gespräche über Kunst bedeutungslos werden. Rose und Fritz
waren beide Meister der Liebesstrategie, sie wußten beide
mit absoluter Sicherheit, dass in ihrem Falle der kürzeste

Weg von Körper zu Körper der war, so zu tun, als spiele der Körper keine Rolle.

Dann ging alles sehr schnell. Nach einer bedeutungsvollen Zäsur – mitten im Gespräch – ein langer Blick. Unsentimental, musternd, schon beinahe unverschämt. Fritz erhebt sich, Rose erhebt sich. Zwei Schritte Abstand. Kein Wort. Fritz mit Fleischmarktblick, Rose, die Augen halb gesenkt, Demut, Reifsein zur Hingabe und ‚Tu es nicht‘-Gesicht. Zwei großartige Schauspieler. Zwei Schritte. Fritz steht vor ihr. Ohne Vorwarnung beginnt er, ihr die Rüschenbluse aufzuknöpfen. Bei Rose ein nur halb ausgeführtes Erschrecken, eine kleine, kaum bemerkbare Abwehrbewegung. Knopf um Knopf. Wenn seine Hände nicht ein wenig zittern würden, könnte man denken, er sei wirklich so brutal, wie er sich gibt. Er hoffte eigentlich auf eine empörte Reaktion. Die interessanteste Rolle ist die des Verwerflichen, die des bösen Mannes, der zynisch geworden ist, da er die Liebe und die Frauen kennt, die ihn immer wieder enttäuscht haben. Dass Rose ihm seine Don Juan Rolle allein spielen läßt, irritiert ihn sichtlich, aber er darf es sich nicht merken lassen. Es gibt keinen schöneren Auftakt als ein ‚Nein‘ auf eine derartige Attacke. Man läßt alles plötzlich wie man es begann, setzt sich wieder, trinkt seinen Cognac und läßt sich schließlich nach und nach, mühevoll dazu überreden, noch einmal von vorn zu beginnen. Es ist die Taktik, die Fritz nennt: ‚Erlösung des Don Juan am Rande der Hölle‘.
Doch Rose, dieses raffinierte kleine Biest, verkehrte seine Szene. Aber was war sie nun, als sie einfach alles so mit sich geschehen ließ? Hure, oder eine Frau, die so fasziniert von ihm war, dass sie sich nicht wehren wollte oder konnte? Die Führung der Szene ging damit von Fritz an Rose über. Sie ließ sich von ihm entkleiden wie eine Schaufensterpuppe. Fritz nahm sie auf seine Arme und trug sie zu der zweischläfrigen Liege.

Und – vom ersten, abschätzenden Blick, vom ersten gefühlvollen Händedruck bis zum grauschwarzgemusterten Polstersessel in Roses Wohnung, vom Polstersessel bis zum Cognac mit Schallplatten von Bach und Haydn bis zur breiten, zweischläfrigen Liege Roses waren es kaum drei Schritte.

Zweiter Satz:
Adagio
Ein Mann ist ein Mann. Und eine Nacht kann lang werden, wenn man nicht zum schlafen kommt. Für Fritz war der Sittennachtfilm gelaufen. Er wußte, wie es nun weitergehen würde. Die Frau neben ihm würde ihren Kopf an seine Schultern legen, aufseufzen, sich dehnen und – einschlafen. Bei den meisten ging das sehr rasch – bei anderen dauerte es etwas länger, aber auch Rose legte ihren Kopf an seine Schultern, seufzte, dehnte sich, schwieg und atmete gleichmäßig. Fritz entspannte sich. Er schlief ein – es war schließlich doch noch alles so gekommen, wie es zu erwarten war. Es ist ein schönes Gefühl, einzuschlafen mit der Gewißheit, ein Mann gewesen zu sein.

Aber Rose schlief nicht ein. Für sie war eine Nacht erst am Morgen beendet und manchmal auch dann nicht. Sie ließ ihn schlafen – eine viertel – eine halbe Stunde, denn sie war eine kluge Frau, dann begann sie ihn sachte, zärtlich, ja, liebevoll zu wecken. Fritz fand sich nicht sofort zurecht. Aber lange konnte ihm nicht verborgen bleiben, was sich Rose von ihm wünschte, schon wieder wünschte.

Das ist nun so eine Situation, an die jeder Man nur mit Schrecken denkt. Soll man zugeben, dass man lieber schlafen möchte, keine Lust mehr hat, dass man schon mehr als seine Pflicht getan hat? Fritz begann zu schwitzen. Er war jetzt hellwach. Ich sagte schon, dass er ein sehr begabter, junger Mann war. Hier gab es nur noch eines: Flucht nach vorn – Flucht ins Genie. Er hielt ihre Hand fest, schwieg einen Augenblick. Ein paar Takte einer Melodie summte er vor sich hin. Und noch einmal. Die gleichen Takte. Jetzt halbaufgerichtet. Rose war verblüfft. Sie verhielt sich jetzt völlig still. Fritz wußte nun genau, wenn er sich wieder zurücklegen würde, dann würde Rose ihre Forderungen erneut anmelden.

Halb auf dem Bett sitzend, sang er jetzt noch einmal die beiden Takte, zweimal, dreimal. Nackt, wie er war, ging er die paar Schritte bis zum Klavier. Er schlug dieselben Takte an. Wiederholte sie, variierte sie, fand ein Thema, baute es aus. Notenpapier war zur Hand. Ein Stift. Und nun ging es rasch weiter. Noten schreiben, spielen, Noten schreiben, spielen. Das war der zweite Satz: Adagio, assai molto.

Rose war müde geworden. Sie schlief. Wahrhaftig sie war eingeschlafen. Fritz war tatsächlich ins Komponieren gekommen. Er begann zu frieren. Ein vorsichtiger Blick zu Rose. Endlich schlafen.

Dritter Satz:
Scherzo
Rose hatte einen besonders gut ausgebildeten Instinkt. Ein Mann in ihrer Nähe brachte sie unweigerlich zum Erwachen. Und wieder schreckte Fritz unter ihren gefühlvollen Händen auf. Es war wie ein Alptraum. Er mußte sie davon überzeugen, dass ein großes Werk im Entstehen war. Es war die einzige Rettung, meinte er. Er mußte sie einbeziehen in den künstlerischen Schaffensprozeß, das Animalische vergeistigen. Er begann von der Sonate zu sprechen, von dem ersten Satz, dem zweiten und dem Scherzo. Er redete immer schneller, immer eindringlicher. Er sang ihr vor, dirigierte die werdende Sonate, sprach über die mögliche Interpretation, redete sich in Feuer und als Rose trotz allem zu einem neuen Angriff überging, vielleicht jetzt nur hingerissen von seinem Feuer, raste er wie von Furien gejagt erneut zum Piano und begann das Scherzo zu entwerfen. Er spielte ihr vor, erklärte, schrieb, spielte, sprach. Rose resignierte schließlich – und das war

verständlich. Die Uhr auf ihrem Nachttisch zeigte 4 Uhr 16 Minuten an.

Vierter Satz:
Rondo
Rose schlief seit etwa einer Stunde. Auch Fritz schlief, den Kopf auf den Tasten des Klaviers, eine Decke um sich gehüllt. Als er sich bewegte, gab es eine grelle, laute Dissonanz. Fritz erschreckte auf, auch Rose war erwacht. Sie saß halbaufgerichtet im Bett, wie ihm schien herausfordernd mit ihrem nackten Oberkörper. Aber sie dachte im Augenblick nicht an das, was Fritz befürchtete. Er lächelte ihr zu. Es war kein glückliches Lächeln. Seine Hand schlug einige Tasten an. Leise, geläufiger, entschuldigend zu ihr hingesprochen:

„Das Finale...“
Ein Schulterzucken Roses.
„Das Finale... dann habe ich die ganze Sonate“.

Und er begann wieder zu spielen und zu schreiben. Er sah mit halbem Blick, dass sich Rose erhob. Er begann schneller und lauter zu spielen, aber sie ging an ihm vorbei. Kurze Zeit später hörte er sie in der Küche rumoren. Er spielte weiter. Erleichtert. Kaffeeduft roch er. Er lächelte. Es schien überstanden zu sein. Nackt wie im Paradies servierte sie dem nackten Komponisten einen heißen, schwarzen Kaffee. Sie tranken schweigend. Erschöpft nun – beide. Sie durch das enttäuschende Warten auf den jungen Künstler, er durch die ungewohnte, unvorhersehbare Nachtarbeit.
Die Sonate war in großen Zügen geschrieben. Sein Kompositionslehrer konnte zufrieden sein. Fritz reckte und streckte sich. Rose stand hinter ihm. Ihr Mund auf seinem Hals. Ihre Arme, ihre Beine – Hier half nur rasche Flucht. Fritz versuchte ihr klarzumachen, dass er noch letzte Hand

an das Werk legen müsse. Er rettete sich noch einmal in die Besessenheit des Künstlers, der nichts sieht, absolut nichts mehr sehen kann als sein Werk – und entfloh.

Rose liebte Musik. Das weiß ich, denn ich habe ihr einige Male zugehört, wenn sie spielte. Allerdings war ich vorsichtig. Ich bin immer nur mit Bekannten zu ihr gegangen. Lange habe ich mir ihre Abneigung Sonaten gegenüber nicht erklären können.

Erst als ich von dieser Geschichte erfuhr –

(Fritz hat übrigens seit diesem Erlebnis die potenzmordende, aber arbeitsfördernde Gegend gemieden.)

Der Nothing-Effekt

Thadeus Hinbringer ist das, was man sich im landläufigen Sinne unter einem Intellektuellen vorstellt. Den Doktor phil. mit ‚rite‘ hinter sich gebracht. 43 Jahre alt, aber schon starke Stirnglatze. Brille. Dunkles Horngestellt. Mittelkurzsichtig. Schmal gebaut. Normal groß. Leicht nach vorn gebeugter Gang. Schmale Hände. Blasse Gesichtsfarbe. Bartlos. Verheiratet seit fünf Jahren. Einen Sohn. Benjamin genannt. Niemand konnte sich erklären, weshalb. Und der Vater schwieg auf diesbezügliche Fragen.

Dr. phil. Thadeus Hinbringer hatte sich dem Theater verschrieben. Aber nicht etwa, dass er einen Hang zur Bühne verspürt hätte – eine Berufung, eine Leidenschaft. Zu Leidenschaften oder Übermaß neigte der blasse, schmale Brillenstirnglatzenträger ohnehin nicht. Auch hatte er sich selbstverständlich nicht dem Schauspielerberuf verschrieben. Nicht etwa nur deshalb nicht, weil er dazu überhaupt kein Talent besaß, mehr noch, weil ihm dieser Beruf immer ein wenig suspekt erschienen war. Nicht seriös genug. Er haßte alle Arten von Schaustellereien. Nein. Dr. phil. Thadeus Hinbringer war Dramaturg geworden. Schriftzeichen und Papier lagen ihm. Und ein Schreibtisch erschien ihm in jedem Falle sicherer als eine farblichtverunsicherte Bühne mit Plebs im Zuschauerraum. Denn insgeheim verachtete Dr. phil. Thadeus Hinbringer das Publikum. Er war jedoch weise genug, sich das nach aussen hin nie anmerken zu lassen. Dass er trotz allem an einem Theater sein Brot fand und suchte – nunmehr seit zwei Jahren sogar als Chefdramaturg einer namhaften Bühne – hatte andere, besondere subjektive Thadeus-Hinbringer-Gründe.

Thadeus Hinbringer hatte es in seinem bisherigen Leben nicht leicht gehabt. Besonders die Schulzeit hatte ihm sehr zugesetzt. Er war ein scheues, in sich zurückgezogenes Kind gewesen. Der überlaute Übermut seiner Klassenkameraden und Straßenspielkinder lag ihm nicht. Und er setzte sich von ihnen ab, so oft es nur ging und es ihm die Umstände erlaubten. Das gelang ihm natürlich nicht immer. Oft war er gezwungen mitzuspielen, mitzubrüllen, zu jagen, sogar zu kämpfen. Und das ging ihm jedes Mal kläglich daneben. Das, was er mit Anstrengung und Überlegung dabei in die Wege zu setzen versuchte, war für die anderen nichts als selbstverständlicher Spiellustablauf. So wirkte er bei diesen Mitspielkontaktversuchen meist linkisch, verklemmt, ja, lächerlich. Und sie lachten auf seine Kosten. Und mit hämischem Vergnügen. In den Spielstrassen und -plätzen ebenso wie in der Schule.

Außerdem war er, vielleicht durch die ständigen Mißerfolge, ein Junge, der kaum einmal Jungensmut zeigte oder zeigen durfte – zur Ärgerhänselei seiner Spielkameraden. Er war das, was die Jungens um ihn herum und leider auch die Mädels eine „Memme", ein ‚feiges Schwein' oder ein ‚Würstchen' nannten. Hinzu kam sein Name. Das war besonders während der Schulzeit sehr beschwerlich und verzweiflungsvoll. Sein Nachname ließ schon viel Scherzdeutungen zu, aber sein Vorname bot echte Angriffsflächen in den Augen der Jungens. Besonders schlimm wurde es im Gymnasium. Sein ‚deus' im Thadeus wurde ihm hier zum Verhängnis, da er so gar nichts Göttliches aufzuweisen hatte.

Diese ständigen Demütigungen, die erst in der Studentenzeit nachließen oder jedenfalls auf ein erträgliches Maß herabgesetzt wurden, mußten Folgen haben. Obwohl in der Studentenzeit die Erniedrigungen sicher tiefgreifender als in der Schule waren, blieb für ihn trotz allem noch immer seine Kindheit und die Schulzeit seine eigentliche Hölle, durch die er sich gebrandmarkt fühlte. Zwar stand er auch in der Studentenzeit abseits – die Kommilitonen spannten ihm außerdem noch ständig die Mädchen aus, die er sowieso nur sehr spärlich auf dem Universitätsgelände für sich einfangen konnte – aber bei Niederlagen dieser

Art, so sehr sie auch schmerzten, konnte er sich nunmehr auf eine Pose lächelnder Weisheit zurückziehen und über die Relativität von Freuden und Lüsten dozieren.

Dr. phil. Thadeus Hinbringer hing trotz Verdüsterung und erzwungenem Prügelknabennarrendaseins an seinem Leben. Zwar stiegen im Laufe seiner langen Demutszeit immer wieder einmal Gedanken an Selbstmord an die Oberfläche, aber ihm fehlte der Mut zum letzten Kopfsprung. Aber ohne Selbstschutzmaßnahmen, die er vor allem in seiner Studentenzeit erfolgreich praktizierte, hätte Dr. phil. Thadeus Hinbringer die Erniedrigungen seiner Kinder- und Jugendzeit sicher nicht überstanden. So nahm er, etwa seit Obertertia, die Pose eines großen Schweigers an. Er bereitete damit unbewußt schon seine sehr viel diffizilere Selbstverteidigung während seiner Studentenzeit vor. In der Obertertia begann er damit. Er hörte anderen zu, schwieg, wiegte hin und wieder den Kopf bedenklich, zweifelnd, ohne damit wirklich etwas auszudrücken, ohne damit sich meinungsmäßig festzulegen. Manchmal ein kaum erkennbares Kopfnicken oder ein leichtes Lächeln, seine Gedanken verbergend, die sonach wohl tief und wesentlich sein mußten. So erwarb er sich nach und nach den Ruf eines Denkers. Spätestens ab Oberprima war ihm dieser Ruf absolut gesichert. Da er sich damals eine zeitlang ziemlich intensiv mit Nietzsche beschäftigt hatte, mag wohl ein Nietzschewort, das er hin und wieder zitierte, dazu mit beigetragen haben:

„Wer viel einst zu verkünden hat
Schweigt viel in sich hinein.
Wer einst den Blitz zu zünden hat,
Muß lange Wolke sein. “

Doch Thadeus Hinbringer hatte nichts zu verkünden. Er war auch beileibe kein Denker, obwohl er sich mehr und mehr in dieser Rolle gefiel und anfing, selbst daran zu glauben, was ihm so angenehm eine geheime Selbstachtung installierte. Thadeus Hinbringer war ein dürrer Mensch, auch was seinen Geist und seine Fantasie betraf. Er war nach und nach vertrocknet. Sicher gefördert durch die erzwungene ständige Unterwerfung unter andere, die ihn bestenfalls als Lust- oder Unlustableiter geduldet hatten. Aber ein Gefühl – ein Gefühl war stark in ihm – das Gefühl der Rache. Alles andere wäre auch unnatürlich, unmenschlich gewesen. Er hatte sich vorgenommen, sich an der Menschheit zu rächen, soweit er sie ohne Gefahr für seine eigene Person erreichen konnte. Und so hatte er beschlossen, Theaterdramaturg zu werden.

Wie so oft war es aber kein Zufall, der ihn die Theaterfährte erschnüffeln ließ. Er war vom Studentenhilfsdienst zur Wohnung des Chefdramaturgen der Städtischen Bühnen einer Universitätsstadt vermittelt worden – zum Teppichklopfen. Der Chefdramaturg kam mit dem jungen Studenten ins Gespräch. Das heißt, er redete allein, wie er das fast immer tat, da er seine Worte in jedem Falle für bedeutsamer hielt als die der anderen.

Noch nie hatte er einen aufmerksamen Zuhörer und Gesprächspartner. Er widersprach ihm nicht. Er zog sich ins Schweigen zurück und spielte automatisch wieder seine Denkerrolle. Aufgefordert, sich im Theater umzusehen, tat er dies so bald als möglich, beglückt darüber, dass er ernst genommen, ja, geschätzt wurde. Während ihm der Chefdramaturg bei einem Rundgang durch das Theater sein Wirken im Hause erklärte und ihn aufforderte, doch den gleichen Weg wie er zu gehen, wenn möglich bei ihm, da sie so gut harmonierten, gab Thadeus Hinbringer klug und flugs seine Rolle als Zuhörer auf und stimmte für sein Temperament geradezu lebhaft zu. Thadeus Hinbringer hatte sofort seine Chance erkannt. Hinter einem Schreibtisch im Theater war er ein absoluter Herrscher, ein König, ein Kaiser. Herr über alle Autoren, über die Wirkenden und Fantasiemenschen, die er so abgrundtief haßte, da er

selber auf diesem Gebiete völlig impotent war und so kam
es, dass er, nachdem er seinen Doktor phil. mit ‚rite‘ gerade hinter sich gebracht hatte, auf dem Dramaturgensessel
eben jenes Theaters saß und richtete, streng und erbar-
mungslos. Schon bald hatte er auch erkannt, dass ein
‚Nein‘ weit gefahrloser für ihn war als ein ‚Ja‘, zu dem er
stehen mußte, dass er verantworten, das er verteidigen
sollte.

Eine Zeitlang befriedigte ihn dieses Leben, aber er er-
kannte auch, dass die Autoren nicht umzubringen waren,
trotz der absoluten Herrschaft eines Dr. phil. Thadeus Hinbringer. Sie produzierten trotz allem und immer wieder.
Und so begann er darüber nachzudenken, wie und durch
was er zu Ruhm und Ehre gelangen könne. Denn danach
dürstete nun den Erwähnten.

Und er begann sich umzusehen bei dem, was da hieß
‚modernes Theater‘ oder ‚modernstes Theater‘! Er drehte
und wendete heimlich in seinem Zweizimmerapartment
jedes Theaterexperiment, in der Hoffnung, irgendwo und
irgendwann dabei einmal auf ein kleines Feld zu treffen,
das ein Dr. phil. Thadeus Hinbringer noch bestallen könnte. Und einer Tages kam ihm der rettende Einfall.

Dr. phil. Thadeus Hinbringer war inzwischen zum Chefdramaturgen eines mittelgroßen Theaters aufgerückt. Je
mehr er über seine neue Idee nachdachte, desto begei-
sterter wurde er von ihr – soweit eine Begeisterung eines
Dr. phil. Thadeus Hinbringer überhaupt eine Begeisterung
genannt werden konnte. Eines Tages legte er seinem Inten-
danten bei einem gemütlichen Sonntagsnachmittagskaffee
seine neuen Gedanken für experimentelles Theater vor.
Sein Experimentelles Theater sollte einen ganz besonderen
Effekt haben – einen ‚Hinbringer-Effekt‘. Er nannte ihn jedoch bescheiden nur den ‚Nothing-Effekt‘.

Die Idee des Chefdramaturgen Dr. phil. Thadeus Hinbringer für experimentelles zukunftsweisendes Theater:

Weit hatte sich das Theater auf Experimentierbühnen schon mit Hilfe eines verunsicherten Publikums vorgewagt, Ein Krötz hatte zum Beispiel schon einmal in einem Schauspiel alle Worte wegfallen lassen. Aber es mußte etwas geben, das darüber hinauswiese. Das Experimentier-Hinbringer-Theater würde Text haben. Schon das war eine echte Überraschung. Die Schauspieler waren sogar bei diesem Experiment verpflichtet, diese, ihre Texte, auf das sorgfältigste zu lernen, aber, und das war durchgehend neu, sie durften ihre Texte bei der Aufführung nicht sprechen. Nicht laut und auch nicht leise. Sie hatten ohne Ton zu sprechen, aber mit den genauen Lippenbewegungen. Alle Schauspieler hatten auf den lautlosen Text zu reagieren und damit zu agieren. Das Publikum würde also vor der Bühne sitzen, die Schauspieler agieren sehen, ihre Lippenbewegungen beobachten, aber kein Wort vom Text hören können. Es sei denn, dass einige von ihnen von den Lippen ablesen könnten, aber das war unerwünscht.

Dem Publikum sollte allerdings eine Hilfe zuteil werden. Und das war der entscheidende Unterschied zu Krötz und anderen. Jeder Theaterbesucher erhielt den gedruckten Text des Spieles bei Erwerb einer Eintrittskarte plus einer winzigen Punkttaschenlampe an der Theaterkasse ausgehändigt. Nunmehr konnte er sich jederzeit mit Hilfe des Textes und seiner Punkttaschenlampe orientieren, wo sich das Stück gerade befand und was der Schauspieler im Augenblick lautlos sprach.

Die Idee des Dr. phil. Thadeus Hinbringer wurde ein Riesenerfolg. Seine großen Dramaturgenkollegen nahmen ihn in den inneren Kreis auf – und dieser Kreis war klein, aber endgültig, was Geschmack und Richtung betraf. Dr. phil. Thadeus Hinbringer war nun bekannt und berühmt und richtete nunmehr und letztendlich mit Kugelschreiber und dunkelbrauner Hornbrille über das widerliche Geschmeiß der Stückeschreiber.

Ein bekannter Kultur-Fernsehkommentator war gemeinsam mit seiner klugen Kulturredakteurin voll des Lobes und der weitreichenden Deutungen. Er nannte den Beitrag zum Dr.-phil.-Hinbringer-Theater:

‚Lautlose Lust‘.

Im Amtszimmer des Kulturreferenten

„... ja, nicht das erste Festival, Herr Oberregierungsrat. Ich muß darauf hinweisen, dass wir seit zehn Jahren – bereits seit zehn Jahren – immer im Juni ... immer Anfang Juni – nachdrücklich: Seit zehn Jahren!!" Die Brille blitzt. Kopf vorgeneigt, aggressiv. Hals versteift – der Nacken. Die Hände auf dem Teakholz des Kultursessels, Fäuste um die Armstützen gekrampft. Schweigen. Abwarten. Gespannt, bereit zum Zustoßen. Eine Minute. Zwei Minuten. Über den Schreibtisch hin – über den Teakholzschreibtisch hin, scharf geschielt auf den Oberregierungsrat.

Der dunkle Anzug schweigt noch immer. Die fleischige rosa Hand blättert in Papieren, sie raschelt und knistert in einem grünen Schnellhefter. Für einen Augenblick ist eine Aufschrift auf dem Pappdeckel zu erkennen ‚Festival – Preisver...‘. Die Akte liegt wieder auf dem Tisch. Die Hände greifen zur silbergrauen Krawatte. Der Knoten sitzt korrekt, wie vorausgesehen. Der schwarze Anzug lehnt sich zurück. Ein Räuspern. Die Stirn plötzlich faltenlos. Ein Lächeln, verstehend, genau in der Mitte zwischen Herablassung und Leutseligkeit. „Aber lieber Doktor...". Das Lächeln verstärkt sich – jetzt ein wenig spöttisch. „Niemand will Ihnen Ihr Festival nehmen" –

Kleine Abwehrgeste. Eine kaum erkennbare Verbindlichkeits-Höflichkeit über dem gespannten Ärger.

„Niemand, mein lieber Doktor. Es ist in der Tat Ihr Festival. Doch, doch." und noch einmal „... doch, doch..", obgleich kein noch so kleiner Protest zu spüren war. „Sie sind die Seele des Ganzen. Es geht doch nur" – Räuspern. Lächeln. Nun auch etwas ärgerlich „... um den Ausschuß. Verstehen Sie denn das nicht?!" Schon schärfer.

„Achtung", denkt die Brille, „Achtung. Er ist gegen Dich."

„Um den Ausschuß. Der Hebbelpreis für junge ... na, eben für junge Dichter ... äh, Schriftsteller sollte man da wohl sagen. Verstehen Sie?" Mustern. Herausfordernd anstarrend.

Die Brille neigt verstehend das Haupt. „Natürlich. Natürlich." Kaum zu verstehen. Gemurmelt. Klingt wie „... türlich ... türlich..." Vage. Unüberzeugt. Schon ein wenig servil.

Das versöhnt den schwarzen Anzug etwas. „Nun gut. Dann können wir ja endlich ins Detail gehen. Also zunächst ... Das heißt, wenn Sie einverstanden sind?" Eine rein rhetorische Frage. Der schwarze Anzug ist siegesgewiß. Er ist der Staat. Er – hier auf diesem Sessel . .... und hinter dem Teakholzschreibtisch. Der andere ... Er sitzt vor dem Teakholzschreibtisch. Knapp zwei Meter zwischen ihnen. Zwei Meter? nuuun, alles ist relativ...

Wieder Stirnrunzeln. Eine zweite Akte. Rot. Ein kurzer, halblauter Monolog beim Umblättern der Seiten.... „Das stand doch ... Mann ... das muß doch ... Moment." Blättern ... jetzt zurück. Ein kaum wahrnehmbares Kopfschütteln des schwarzen Anzuges.

„Es sind die Nieren", denkt die Brille und beginnt, den schwarzen Anzug zu betrachten. „Diese Tränensäcke unter den Augen." Ein winziger Moment des Triumphes. „Lange macht der es auch nicht mehr." Erschrecken. Sünde. Wegwischen.

„Ah! Hier ist es!" Wieder zurücklehnen, das Aktenstück mit den roten Aktendeckeln in den rosa Händen. Die blauen Augen, hellblau, wasserblau – blicken auf. „Sie werden den Vorsitz übernehmen." Bestimmt, befehlsgewohnt, jeden Widerspruch ausschließend.

Die Brille fügt sich noch nicht. „Ich glaube nicht, ...das ist" – Die Abwehr ist lahm. „Ja?" fragt der Anzug. Forciert, penetrant. Die Brille ist nervös. Unsicher. „Wenn Sie wirklich meinen?" „Sie! Ich weiß keinen besseren." „Keinen besseren..." – Die Brille streicht sich über die Haare. „Keinen besseren.... Das schmeichelt. Es ist nicht ernst.... Halt! Nicht ganz so ernst gemeint, wie es klang, aber...."

„Wenn Sie wirklich meinen", wiederholt sie töricht und überflüssigerweise. Ein kurzes, straffes Nicken des schwarzen Anzuges. Es sieht aus, als ob er etwas zerhacken wolle.

„Also ... nun dann. Wenn Sie meinen. Gut. Ich ... ich bin bereit. Äh ... ich stehe selbstverständlich zur Verfügung."

„Gut." Lächeln. Wohlwollen. Die rosa Hand hält eine schwarze Ledertasche mit winzigen Zigarillos hin. Ein „Danke", ein „Bitte". Kaum wahrnehmbare Verbeugungen. Feuer. Ziehen. Dampf. Entspannen. Ihr Lächeln kreuzt sich über dem Schreibtisch.

„Ja, dieser Hebbelpreis für junge Dicht...", ein gemeinsames knappes Lachen, „... dieser Schriftsteller." Noch einmal ein Lachen. Dann – ein Heranrücken der Sessel. Gleichzeitig – wie auf ein Kommando. Köpfe zusammenstecken. Die rote Akte zwischen ihnen.

Zahlen. Namen. Dampf der Zigarillos. Zahlen. Namen. Dampf der Zigarillos. Zahlen. Namen. Erst zweistimmig. Holpernd, noch nicht zusammenklingend. Nun schon eingespielt.

„Wenn wir Paragraph fünf..." – „Aber auch in Paragraph sechs..."

„Wir müssen den zweiten Absatz streichen..." – „Hier fehlt ein Zusatz..."

„Es genügt schon, wenn hier steht..." – „Ganz recht. Das sagt schon die Präambel."

„Fünf Mitglieder." – „Fünf Mitglieder."

„Sieben würde sich vielleicht noch besser..." – „Sieben würde sich..."

„Der Jury" – „Der Jury"

Drei Stunden. Noch immer hängt das Schild ‚Nicht stören. Sitzung' vor der Tür des Amtszimmers.

„... Die Auswahl muß nach..." „strengen Regeln..."

„... Hebbel..." „Der Hebbelpreis unserer Stadt..."

„Der Hebbelpreis verpflichtet.." „... vor allem die Maßstäbe..."

„... nicht hoch genug...“ – „Judith“

„Maria Magdalena“ – „Herodes und Marianne“ .. „Und was diese jungen Leute...“

„... nicht anzusehen...“ – „... unlesbar...“

„Und deshalb müssen wir...“ – „Die Bestimmungen...“ „Schärfer!“ „Schärfer!!“

„Ein neuer Paragraph...“ – „Die Auswahl betreffend“

„Ein neuer Paragraph...“

Sechs Stunden – Noch immer hängt das Schild ‚Nicht stören. Sitzung‘ vor der Tür des Amtszimmers.

Das Zusammenspiel der Brille und des schwarzen Anzuges ist nun nahezu vollkommen. Wie eine einzige Maschine. Ein Rhythmus, ein Gang, eine Sprache, ein Denken, ein Mensch – Brille und schwarzer Anzug – ein einziges –

„Die Auswahl muß nach...“ – „... strengen Regeln..“ „Der Hebbelpreis..“ – „... unserer Stadt verpflichtet...“ – „.. diese jungen Leute...“ – „Nicht anzusehen...“ – „..unlesbar“.

10 Stunden. Die Bewegungen der Brille – Anzug – Maschine sind langsamer geworden. Schwächer. Aber sie merken es nicht.

14 Stunden. Sie bewegen sich noch. Immer noch gemeinsam. Völlig synchron.

„... diese jungen Leute...“ mit einer Stimme.

Wann es begonnen hat – wer kann das sagen. Vielleicht nach 80, möglicherweise auch schon nach 65 Stunden oder auch später. Es ist zu vermuten, dass beide es überhaupt nicht spürten. Es muß ein sehr langsamer Prozeß gewesen sein. Sie wurden nach zwanzig Tagen entdeckt. Das Schild an der Tür zu dem Amtszimmer des schwarzen Anzuges verhinderte jede Störung. Als der schwarze Anzug jedoch zwei Tage nach dem Zahltag sein Geld noch immer nicht von der Kasse abgeholt hatte, begann man, nach ihm zu fahnden.

Als die Tür trotz des Schildes auf Veranlassung eines Ministerialdirigenten geöffnet wurde, bot sich den hereindrängenden Beamten ein erstaunliches Bild. Noch immer saßen sich Brille und schwarzer Anzug gegenüber. Bewegungslos. Wortlos. Die Köpfe über eine rote Akte gebeugt.

Die Beamten blickten zu den beiden Gestalten am Schreibtisch. Hilfesuchend sahen sie den Ministerialdirigenten an, der allerdings auch nicht wußte, wie er sich verhalten sollte, da so ein Fall in den Dienstvorschriften nicht vorgesehen war. Aber schließlich schritt er unter den Blicken seiner zu ihm aufschauenden Untergebenen zur Tat.

Zunächst versuchte er es mit einer scharfen Rüge. Unweigerlich wäre jetzt der schwarze Anzug kerzengerade in die Höhe gefahren. Aber er blieb in der alten Haltung. Kein Kopfwenden, kein Wort. Die Stille, die der Rüge des Ministerialdirigenten folgte, war erschreckend.

Vorsichtig näherte sich der Ministerialdirigent dem Schreibtischpaar. Abrupt blieb er stehen. Das konnte nicht sein. Das überstieg die Vorstellungskraft eines korrekten Beamten. Sie rührten sich noch immer nicht.

„Tot? – Nein, unmöglich." Der Ministerialdirigent hatte einen Luftschutzsanitätskurs mitgemacht und wußte, dass Tote nicht so starr mit vorgebeugtem Oberkörper sitzen konnten. „Wieso auch tot?" Er sagte es laut „Wieso auch tot?" Das Raunen seiner Untergebenen in seinem Rücken verstummte sofort bei seiner ärgerlichen Geste.

Noch näher trat er. Und noch einen Schritt. Er beugte sich nieder und versuchte, dem schwarzen Anzug ins Auge zu sehen. Das war nicht einfach. Er mußte eine unwürdige Verbeugung machen. Im letzten Augenblick dachte er daran, dass er sich bei seinen Untergebenen damit unmöglich machen könnte. Seine Würde. Er richtete sich rasch wieder auf. Zu rasch. Ein guter Beobachter hätte daraus schließen können, dass er verwirrt war. Zum ersten Male wirklich verwirrt.

Er mußte etwas unternehmen. Was konnte man in so einem Falle nur – Was konnte man in so einem Falle....

Schließlich streckte er den Arm aus und berührte den schwarzen Anzug an der Stirne. Sie war eiskalt. Er zog erschrocken seine Hand zurück.

Das war eindeutig ein Unglücksfall. Hier müßte gehandelt werden. Und schnell. Er winkte zwei seiner Beamten. Sie standen neben ihm, bevor er seine Geste beendet hatte. Er befahl ihnen „Heben Sie den Herrn vom Sessel. Es muß wohl ein Unfall..." er ärgerte sich über den Riß in seiner befehlsgewohnten Stimme.

Die beiden Beamten traten rechts und links neben den schwarzen Anzug. Sie faßten zu und ließen im gleichen Augenblick wieder los, als ob sie in Feuer gefaßt hätten. Der eine sprang sogar einen Schritt zurück mit einem Schreckensruf.

Der Ministerialdirigent wollte gerade fragen: „Was es denn um Gotteswillen.....", da stotterte der linke Beamte „Sein Anzug...." Und der rechte „.... sein Anzug...." „Kalt ...." „Wie... Stein...." „Und hart...." „Wie.... wie...." Stammelnd der linke „Er... ist versteinert!"

Dass diese Mitteilung Bestürzung auslöste, liegt auf der Hand. Ein aufgeregtes Treiben begann. Der schwarze Anzug wurde mühsam in seinem Sessel zurückgelehnt. Aber er behielt seine gebeugte Haltung bei. Auch die Brille auf dem Besuchersessel war versteinert.

Die seltsamen Pickel im Gesicht der Hebbelkulturpreisgesprächspartner stellten sich als versteinerte Stoppeln heraus.

Als der Ministerialdirigent eine zu rasche Bewegung machte, kippte plötzlich der schwarze Anzug vom Sessel. Er polterte zu Boden. Die Beamten stoben auseinander. Vorsichtig näherten sie sich nach einer Weile dem schwarzen Anzug wieder. Als ihn die Beamten jedoch wieder aufrichten wollten, sahen sie, dass ihm der linke Unterarm, knapp unter dem Ellenbogen, abgebrochen war. Die Beamten versuchten, den Unterarm wieder anzusetzen. Vergebens. Die Beamten reichten den versteinerten Arm herum, betasteten ihn und schlugen damit auf den Schreibtisch und an die Tür, um sich davon zu überzeugen, dass er tatsächlich so hart wie Stein sei. Aber das verbot ihnen schließlich der Ministerialdirigent.

Um die Brille kümmerte sich niemand.

Der Ministerialdirigent nahm als letzter den versteinerten Arm des schwarzen Anzugs in die Hand. Auch er betastete ihn unter atemlosem Schweigen seiner Untergebenen. Dann legte er ihn auf den Schreibtisch zurück. Es war ein hartes, grobes Geräusch.

Der Ministerialdirigent schwieg noch immer. Auf einmal sah es so aus, als ob er gespannt auf etwas lauschte. Und es ist nicht ausgeschlossen, dass er es aus den Steinen flüstern hörte „....strengen Regeln...." – "....vor allem die Maßstäbe..." – „...die Auswahl betreffend..."

„Asche, nur Asche, Du liebendes Herz"
oder
„Hör mein Lied, Elisabeth"

„Hör mein Lied, Elisabeth...". Ein alter, sentimentaler deutscher Schlager. Eingeschluchzt von Saxophonen, Geigen, überzuckert von Perltonklavieren – pedalgetragen, von Zimbeln, Hörnern –

„Hör mein Lied, Elisabeth...". In einer Bar im Oberoi-Hotel in Delhi. Unerwartet hier. Wie eine auffällige Fehlschaltung. „Hör mein Lied, Elisabeth...". Rotbefrackte Kellner, Ventilatoren. Ein Gin-Tonic mit Eis. Knabberhäppchen. Gratis. Servilwissende Kellner. Leicht rückgrateingeknickte Turbanträger mit roten Fräcken.

Im Garten wird ein Blumenbaldachin aufgebaut. Ich sehe ihr Werk wachsen bei einem zweiten Blick über mein Ginglas. Große Teppiche werden ausgebreitet. Eine indische Hochzeit, wie ich höre. Ein reicher Inder. Pomp.

„Hör mein Lied, Elisabeth...".

Er führt mich zurück, dieser Schlager – zurück zu einem kleinen aber unvergeßlichen Randerlebnis während einer Dienstreise nach Berlin.

„Hör mein Lied, Elisabeth...".

Ein neuer Gin-Tonic mit Eis. Lautlos, rotbefrackt, gasthingeneigt serviert.

„Hör mein Lied...".

Ja. In Berlin war es. Es ging damals um irgendwelche Nachaufnahmen für eine Synchronisation. Eine Mittagspause. Das Essen in der engen Kantine. Gespräche, Gequatsche, Geklatsche. Stundenwortfüllungen wie meist mit Menschen, die einem zufällig zugestellt werden. Hierbei kann man abirren, wegdenken und dennoch dabei sein in einer Runde der Zusammengestellten. Hier waren es der Geschäftsführer der Firma, zwei Angestellte und ein zufällig hängen gebliebener Schauspieler.

An einem Tisch hinter mir sah ich ihn zum ersten Male
bei einem Routinekantinenrundblick. Ein älterer Mann. Er
mochte so an die sechzig sein. Ein markantes Gesicht.
Auch ein typisches Berlin-Gesicht. Grauweißes Haar.
Nach hinten gekämmt. Angeklatscht mit Wasser oder Po-
made. Er könnte ein Schauspieler sein, dachte ich flüchtig,
während ich mit meinen Gesprächspartnern die politische
Lage Berlins ohne Sachkenntnisse diskutierte. Ja. Er könnte ein Schauspieler sein – Hier saßen sie oft herum, war-
tend auf den Lautsprechersynchronappell. Dass er klein
war, stellte ich erst später fest. Im Sitzen wirkte er normal
groß. Blaue Augen sah ich jetzt bei dem zweiten Rück-
blick. Hellblaue.

Halt! Das war doch eben – Das war eine Frage neben der
Routine. Aufpassen! Nicht hingehört. Fragen sind ohnehin
penetrant, denn sie fordern eine Antwort und eine mög-
lichst passende außerdem. Nun gibt es für alle Fälle in
Wortklingelrunden ausreichend Schubladenantworten, die
oft raffinierter Weise mit der Antwort die Antwort in
Frage stellen und somit keine Antwort geben, alles in der
Schwebe lassen und den Fragesteller dennoch befriedigen,
denn der Inhalt der Antwort ist für ihn wiederum ohne
jegliche Bedeutung. Antworten dieser Art könnten etwa
sein – „Ja, ich weiß nicht recht.“ Oder „So etwas muß man
sich überlegen“, „Was soll man darauf antworten?“
„Schwer zu sagen“ – und tausend andere mehr – Aber jetzt
– da war eine Frage, die etwas Präzises wollte. Überhört.
Ohne Antwortworte, mit vager Geste zunächst beiseite gestellt. Dadurch jedoch eine zweite präzise Frage voll mitbekommen. „Wann geht Ihre Maschine nach Frankfurt?“
Gegen 17 Uhr sollte sich der Pan-Am-Vogel in die Lüfte
erheben. Ich verstand die Frage, die Frage hinter der Frau-
ge, durch vorgestellte Firmenbetreuungsfürsorge getarnt,
sehr wohl. Sie hieß eigentlich: „Was wird nun aus uns beiden? Habe ich Sie noch zwei Stunden am Halse?!“ Ich
blickte dem Geschäftsführer in seine braunen Augen und

beschloß, unter Umgehung der Tarnfrage sofort die eigentliche Frage zu beantworten. Ich wolle noch etwas Luft schnappen, ließ ich mich vernehmen. Ich wäre jedoch rechtzeitig zurück. Diese Entlastungsantwort wurde mit drapierter Erleichterung aufgenommen. Wie froh die betreuenden Beistellgäste waren, enthüllten die fast fröhlichen Vorschläge, wie ich die zwei verbleibenden Stunden am besten verbringen könne. Ich hörte mir die vielseitigen Wanderwegvorschläge ernsthaft an, nickte zu allem und ging. Das graumelierte markante Schauspieler-Berlin-Gesicht saß noch immer am hölzernen Kantinentisch. Er sah mir nach. Ein doppelter Klarer stand vor ihm.

Nicht weit vom Synchronstudio gibt es einen großen Friedhof. Und ich überlegte, während ich auf das Friedhofstor zuschritt, dass sich verhältnismäßig leicht eine Beziehung von Friedhof zu Synchronanstalten herstellen liesse. Ich dachte dabei an die Berge von Leichen in den Filmen und Serien, die dort täglich verarbeitet wurden. Ich hatte mir dabei wohl ein kleines Lächeln aufgesetzt.

Der Weg, der zum Friedhof führte, war auch der Weg zum nahen, mir anempfohlenen Wäldchen. Der Synchrongeschäftsführer stand noch immer am Außentor seiner Studios und sah mir nach, so, als ob er sich vergewissern wolle, dass ich nicht doch noch umkehren würde. Ich schritt in der Mitte der Straße fürbaß dahin. Ich näherte mich der Friedhofspforte und hätte nun eigentlich auf die linke Seite der Straße überwechseln müssen, aber das Gefühl, noch immer von dem Geschäftsführer beobachtet zu werden, der hoffte, dass ich mich nach rechts, Richtung Wäldchen wenden würde, hielt mich davon ab. Dass ein solches Verhalten unangemessen und töricht war, dessen war ich mir bewußt, aber ich war machtlos gegen den Drang, mit dem braunäugigen Geschäftsführer synchron gehen zu wollen. Ein Blick über die Schultern. Er war fort. Ich war mir selbst überlassen. Ich durchschritt das Friedhofstor.

Es war ein neues, ein nagelneues Eisenschmiedefriedhofstor. Noch mit roter Mennige angepinselt. Knapp hinter dem Mennigetor – rechts und links flache Bürogebäude. Auch sie nagelneu, zum Teil noch nicht fertiggestellt. Aus alter Zwangserfahrung gewitzt, sah ich mich am Eingang sofort nach Toiletten um. Es gab zwei, aber sie waren noch geschlossen. Hier vorn waren die Gelegenheiten also verbaut. Doch da dies nur eine Vorsichtsmaßnahme war, ließ ich es dabei bewenden.

Ich schlenderte nur die Friedhofswege entlang. Viele alte Gräber, einige neue und, wie ich später sah, noch Raum für viele zukünftige. Raum für echten und berechtigten Friedhofsoptimismus. Und dabei denkt jeder auch immer ein wenig an die eigenen Zehen, die in absehbarer Zeit am Sargdeckel kratzen könnten.

Eine Stunde grabwandelte ich schon. Warme Sonne im Rücken oder im Gesicht. In der Mitte des Friedhofes waren große Betonbauten errichtet worden. Ich hatte sie äusserlich besichtigt. Alle Türen verschlossen. Ein Krematorium und eine Friedhofskapelle. Alles Beton. Modern. Klar gegliedert. Schön – könnte man sogar sagen, obgleich das an einem solchen Platze blasphemisch klingt.

Ich wandelte weiter und traf auf ein ebenfalls brandneues, großes Eisentor, das eine Asphaltstraße abschloß. Es war eines jener modernen Gleittore, die auf Knopfdruck den Weg freigeben. Ich starrte einige Minuten durch das verschlossene Tor und es kam mir vor, als ob ich in die Freiheit draußen starre, gefangen hier im Reiche der Gräbertoten. Und plötzlich, so unpassend wie möglich, brauchte ich tatsächlich eine Toilette. Wohin? Ich überlegte. Ich fand keinen Ausweg, denn auch die großen Krematoriumsgebäude hatten mich vergeblich suchen lassen. Der Blasendruck wurde stärker. Viele Besucher waren nicht zu entdecken und mir kam der frivole Gedanke, doch einfach hier, angesichts der Gräber – Die Toten würde das sicher nicht stören, zumal ein echter Notfall allmählich vorlag. Aber kann man das – darf man – Nein. Der Rest anerzogener Anständigkeit behielt die Oberhand. Ich wand mich ab, begann aber schuldbewußt nach einer einigermaßen entschuldbaren Gelegenheit auszuspähen. Jedenfalls – Anständigkeit hin, Scham her – Jetzt mußte es sein. Glücklicherweise stand ein Baukarren am Wege. Leider hohe Häuser, neugierige Fenster ringsherum. Aber es gab einen Winkel am Baukarren, der die Sicht nach drei Seiten abgedeckt. Allerdings hieß das nun wieder, gegen den Karren pinkeln zu müssen. Ich tat es. Wie viel wohler mir danach war, das kann nur einer verstehen, der selbst einmal unter so einem Druck gestanden hat.

Ich näherte mich wieder dem Knopfdruckeisentore. Ein Leichenwagen rollte heran. Die Türmechanik begann zu arbeiten. Der Leichenwagen rollte durch. Er transportierte einen hellbraunen Holzsarg. Der Leichenwagen verschwand an der Rückseite des Krematoriums. Ich folgte der unsichtbaren Spur des Leichenwagens absichtslos. Eine Asphaltstraße – ziemlich steil abfallend. Dort lag es – das eigentliche Krematorium – das feierlose. Ich zögerte einen Augenblick, aber schon trugen mich meine Füße die abschüssige Asphaltstraße zum Krematorium hinunter. „Der Hölle näher", dachte ich noch immer grinsend.

Hoch auf dem Wege zum Krematorium kam mir der Leichenwagen, jetzt ohne tote Last, wieder entgegen. Der Fahrer reagieret lebhaft, als er mich sah. Er winkte mir zu und lachte, als ob er einen alten Bekannten endlich wiedergefunden habe oder vielleicht auch einen, den er bald abzutransportieren gedachte. Seine drei Leichenwagenbeifahrer taten es ihm nach. Vielleicht glaubten sie aber auch, in mir einen Angestellten des Aschenhauses zu erkennen. Aber wie auch immer – derart vertraut empfangen, verlor ich alle Scheu, mit einem guten Empfang rechnend.

Ich habe schon viele Begräbnisse und Veraschungen dienstlich und privat mitmachen müssen. Noch nie war ich dabei an der Hinterpforte angelangt. Jetzt stand ich davor.

In einem sachlichen Glas- und Beton-Foyer sah ich den Sarg stehen, der soeben abgeliefert worden war. Kaum einen Meter von mir entfernt.

Erst jetzt nahm ich die Pförtnerloge links neben dem Eingang wahr. Sie war bemannt, aber keineswegs, wie ich unwillkürlich annahm, unerfahren mit der Szene hinter den Aschenkulissen, mit einem würdigen, älteren Herren in Schwarz. Er war vielmehr eine ziemlich rauhe Type. Knapp über Dreißig. Offenes Hemd, ohne Jackett. Graue Hose. Hotelgewohnt, wie ich nun einmal war, hätte ich ihn beinahe nach dem Schlüssel für mein Zimmer gefragt.

Aber auf Förmlichkeiten brauchte hier – das wurde mir nun klar – keine Rücksicht mehr genommen zu werden. Die Pförtner am Hinterhof des Todes sind Tarifangestellte mit zugesicherter Rente. Ihre Vorschriften sagen über diesen Punkt nichts aus. Bei dieser Auslassung mag mitgewirkt haben, dass sich Särge und ihre Inhalte mit Sicherheit nicht mehr beschweren könnten. Ich sah noch immer zu der Krematoriums-Rezeption und dem Mann hinter dem Tisch.

Er blickte jetzt auch und runzelte die Stirne. Eine Antwort auf meine Ankunft hatte er offensichtlich noch nicht gefunden. Aber es kamen wohl nicht viele Besucher hierher – Der Rezeptionsmann erhob sich jetzt und strebte der Glastür seines Glaskäfigs zu, die ihn von mir und dem Sarg trennte. Aber noch bevor er mich erreichte, trat aus einer der Türen im Hintergrund mein grauweißes Berlin-Gesicht aus der Synchronkantine. Er blickte mich an ohne eine Spur von Erstaunen. Er lächelte, winkte dem Aschenrezeptionsmann zurück und kam auf mich zu. Eine zweite Tür – ein dritter Mann trat ein. Ihm gefiel mein unerwarteter Besuch nicht. Aber noch bevor er seine Widerrede beginnen konnte, beruhigte ihn mein Weißgrauer. Ich hörte ihn zum ersten Male sprechen.

„Ein Freund von mir...“, mit einer Handbewegung hin zu mir. Er war ziemlich klein, aber das störte nicht. Es war etwas Besonderes um ihn. War es nun sein Gesicht, das wie für einen historischen Film geschnitten war – oder war es – ? Gleichviel.

Er gab mir die Hand und fragte, was ich wolle. Meinem Wunsch, das Krematorium besichtigen zu wollen, stimmte er sofort zu. „Aber zuerst", meinte er mit einem abschätzenden Lächelblick zu mir. – Zuerst müssen wir die Elisabeth parken." Dabei faßte er nach dem Griff der schwarzen Gummiradbahre, auf dem der hellbraune Sarg stand, den der Leichenwagen gerade abgeliefert hatte und begann ihn in Richtung auf eine eiserne Tür zuzuschieben. Ich fühlte mich durch seine Worte dazu aufgefordert mitzuschieben.

Hand neben Hand bewegten wir den Sarg der Elisabeth in den Kühlraum. ‚Das Parkhaus', wie es der Grauweiße nannte, hatte Platz für fünfhundert Särge. Es war noch fast leer. Knapp einhundertundzwanzig Särge parkten zur Zeit nur hier. Ein Nichts bei dieser Kapazität. Eine abwertende Handbewegung zu dieser Zahlenerklärung. „Keine gute Saison?" Ich stellte diese zynische Frage nicht. Sie hätte ihn ärgern können. Aber als ob er die Frage gehört hätte, antwortete er ganz sachlich: „Wir fangen gerade erst an." Wir brachten Elisabeth zu ihrem Parkplatz, den der Grauweiße nach eigenem Ermessen wählen durfte. Und wie in den Kliniken bei den Neugeburten, auch hier bei den Toten – Namensschilder, um Verwechslungen auszuschliessen. Dort an einem Fuß der Säuglinge, hier mit Tesafilm der maschinengeschriebene Name auf dem Sarg.

Da lag sie nun, die arme Elisabeth. Was wußte ich von ihr? Nichts – fast nichts. Nur ihren Vornamen, einen ihrer Vornamen. War sie noch jung gewesen, alt, eine Selbstmörderin, kam sie aus dem Armenhaus oder aus einer reichen Familie? Ende eines Lebensschicksals. Anlaß zu selbstbezogenen Sarggedanken.

„Nein", lächelte der kleine Berliner auf meine entsprechende Frage, „so niedrig brauchen die Temperaturen im Kühlraum nicht eingestellt zu werden. Zwei Grad minus. Das genügt. Das erhält frisch." Eine kleine Alkoholwelle erreichte mich. Er hatte schon einiges getankt – das hatte ich schon in der Kantine mitbekommen. – Aber er sah ganz nüchtern aus. „Und hier sind die Öfen." Ja. Da waren sie aufgebaut die Feuerfallen. Drei nebeneinander. Den Särgen nachgeformt. Nur höher. Eisen, Rohre, kunststoffverkleidet. Leitungen, Kontakte, Schalthebel, Armaturenkästen, Drücker, Knipser, Kontaktlampen verschiedener Farben, große, kleine. Notlampen. Wozu wohl? Ein technisch vollkommener Apparat. Ein Kommandostand der Todesengel.

Wenn Du das Herz Deiner Geliebten verbrennen lassen willst – hier kannst Du es tun. In einem der drei Verbrennungsöfen. Lege die Schalter um und warte, bis 900 Grad erreicht sind und dann noch 90 Minuten – da ist es zu Asche geworden, das liebende Herz. Doch vorher nimm besser einen technischen Kurs an einer der wenigen Krematoriumsschulen, um keinen falschen Hebel umzulegen. Vieles gibt es dort zu lernen. Viele Fragen wirst Du beantworten müssen, bis Dir das einfache Krematoriumspatent am aschgrauen Bande überreicht werden kann.

„Was ist eine Muffel-Temperatur?

Was verstehen Sie unter einer Nachverbrennungs-Temperatur?

Was ist eine Rauchgas-Temperatur?

Und was bedeutet ‚Muffel-Untertemperatur‘?"

„Wir stehen im größten und modernsten Krematorium Europas", erzählte mir gerade der Grauweiße mit ein wenig Stolz in der Stimme. „Hier wurde alles installiert, was Erfahrung und Forschung gelehrt haben. Auch für den Umweltschutz ist bestens gesorgt." Er deutete auf mehrere Platten, graue Platten, die wie gepreßter Staub aussahen. Sie lagen eine Etage über den Verbrennungsöfen, neben den Schornsteinen. Es scheinen Überreste von Abgesaugten zu sein – Ich wollte das nicht vertiefen. Es ist vollkommen. Das ist zu erkennen. Jedenfalls wird hier nichts von einer Leiche mehr in die Luft gehen.

Und schon stehen wir in der Orangerie – so nannte es der Grauweiße alkoholverschliffen. Blumenschmuck für die Särge. Der Einheitsschmuck für die armen Toten oder besser – toten Armen oder für die Uninteressanten – wer mehr will, muß mehr zahlen. Alles hat eben seinen Preis – auch der Duft der Blumen für die Särge. Es kommt mir vor, als ob mein Reisebegleiter immer betrunkener würde – oder werde ich nur immer tiefer ins Innere des Aschentodes gezogen? „Und hier – der Aufbahrungsraum. Da sitzen sie, die Leidtragenden. Da sehen sie ihn oder sie zum letzten Male, wenn sie es wünschen. Prallvoll dieser Raum von Gedanken, Gedenken, von Tränensalz und schlechtem Gewissen. Und gleich daneben ist noch einmal genau so ein Raum.“ Er lachte und verhustete sich dabei.

„Und nun – nun kommt die Fahrt zum Schafott.“ Er lauerte mir mit seinen Augen forschend und grinsend auf. Ein Druck auf einen Knopf – eine Fahrstuhltür öffnete sich. in Fahrstuhl für den Sarg. Die Tür schloß sich. Wir fuhren nach oben. Und nun standen wir in der Kapelle. Es war der kleine Feiersaal. Alles schlicht, angemessen einfach, schmucklos. Waschbeton. Im großen Saal der Kapelle nun. Der Führer meiner schwarzen Sightseeing-Tour deutete auf ein riesiges Wandgemälde. „Symbole“, sagte er ernsthaft mit schwerer Stimme, nicht länger darum bemüht, genau zu artikulieren. „Symbole. Himmel – Hölle – Erde“ – Eine Pause. Ich hatte das Gefühl, er wußte sehr wohl, was er sagte. Ein lautloses Lachen. Alkoholduft. „Alles Aberglauben. Himmel – Hölle – Erde – Aberglauben. Hier!“ – nach allen Seiten blickend, die Arme ausbreitend, als ob er die Welt festhalten wolle. „Hier. Hier ist die Hölle. Hier bei uns. Hier auf der Erde. Hier!!“ Und er schlug sich kraftvoll, dröhnend vor die Brust, deutete auf sein Herz. „Lüge das alles – Lüge. Aber – “, ein nachsichtiges Lächeln den Pfarrern nachgeschickt " – aber – es ist eben ihr Job."

Das Wort ‚Job‘ aus seinem Mund und hier, klang wie eine Obszönität.

Wir waren wieder in dem Glas- und Beton-Foyer angelangt. Der Rezeptionist saß hinter seinem Tisch und löste ein Kreuzworträtsel. Wir standen uns gegenüber, der Grauweiße und ich. Und jetzt wirkte er überhaupt nicht betrunken. Er blickte mich aufmerksam, durchforschend mit seinen hellblauen Augen an. Wir hatten uns einander nicht vorgestellt. Er reichte mir die Hand. Ich dankte ihm. Er versicherte mir, ich könne jederzeit wiederkommen – die Hallen stünden mir auf. Es kamen wohl nicht viele Besucher hierher.

„Hör mein Lied, Elisabeth...". Mein Gin-Tonic mit Eis war ausgetrunken. Es war Mitternacht in Delhi. Ich beschloß, den Friedhof in Berlin wieder aufzusuchen, aber ob ich einen neuen Krematoriumsbesuch machen würde – das wußte ich noch nicht.

Die andere Seite
Ein Thealit

Prolog
„Die Gnade Gottes ist aufgebrochen...." und dazu ein Kreuz in die Luft gezeichnet.

„Die Gnade Gottes ist aufgebrochen...." Mit nackten Füssen im Schnee – da – da in Mainz – im Schnee – vor dem Gutenbergdenkmal – Ein Prediger – ach, was – ein Seliger – ein Weinseliger im Schnee mit bloßen Füßen –

Lachen dazu – Lachen beim Hindenken an das, was da war vor dem Denkmal – dort in Mainz –

„Die Gnade Gottes ist aufgebrochen...."

Die Polizei hat ihn mitgenommen. Er ging ohne Protest. Die Gnade Gottes verhaftet –

Lachen – Lachen –

Ein Irrtum endlich hinter Gittern – ja, ja – natürlich durch eine Weinflasche gesehen – durch eine grüne Weinflasche gesehen, aber – manchmal reicht die bis ans Paradies.

Ich weiß nicht, wer er war, der Weinprediger, der Schneeprediger. Ich habe ihn noch nie vorher in der Stadt gesehen – ein Fremder für mich – aber – aber – und das war klar zu sehen. Er war auch einer von uns – von der Fußtruppe wie ich, wie wir – wir Straßenmeister in Stadt und über Land – ja – er war ein Landstreicher – wie ich, wie wir – Landstreicher – Was wäre das Land ohne unsere sanften Füße? Was – was wohl –

Lachen – Lachen wieder –

Ja. Und hier beginnt die eigentliche Geschichte.
Und so fängt sie an:
Der Fußbruder des fremden weinseligen Schneepredigers wanderte weiter – ein paar Stunden später nach dieser Schneebegegnung. Ziellos – Wer lenkt die Füße, setzt die

Ziele – Wohin trug es ihn? Nach Ingelheim oder mehr nach Nierstein – oder auch – unwichtig – Es trug ihn nur weiter Fuß vor Fuß – hin zu einer anderen Begegnung nun – einer ganz anderen, die aber auch einer Predigt bedurft hätte, wenn einer da gewesen wäre, sie zu halten.

Er wußte nicht mehr, wo er war – Aber verlaufen – verlaufen kann sich einer wie er nicht. Verlaufen kann sich nur einer, der sein Ziel verloren hat – nicht aber so einer wie er – Aber trotzdem.

Wo bin ich denn? Wo bin ich denn hier? Ja – ich bestreite es ja gar nicht – auch ich bin in dieser Nacht schon auf einer Strecke vor einem Flaschenhals – mein feuchtes Weihnachtsgedenken – das ist nun dran – das ist wohl nun dran – Aber jetzt – aber hier, hier nun – hier in dieser Nacht – sternenklar sagt man dazu – sternenklar – kalt und klar – eisig und im weißen Mantel der ganze Weinberg – und Vollmond dazu – in Licht, das gibt's noch ohne Bezahlung und Steuern – Mondlicht – Da knie ich nun – und vor mir – ich habe ihn erkannt im Mondlicht – und vor mir ein Straßenläufer – mein Mitstraßenläufer – mein Strassenfreund. „Josi" so wurde er genannt – Einmal erfahren – irgendwann. Josi – steif, kalt, zusammengefroren – Ja – und da knie ich nun und fasse ihn an und erfriere mir fast die Hände – Eiskalt – zusammengeschnurrt – So sieht es aus, so fühlt es sich an – Die Beine an den Leib gepreßt – zum Wärmen wohl – wohl zum Wärmen – Und da – neben ihm – eine Flasche – weggerollt – nicht weit – aber nicht mehr zum Greifen für ihn – auch nicht mehr nötig – Sie hat sich ausgespendet.

Lachen –

Aber was mache ich hier im Schnee mit Dir? – Was ? – Was tut man da? Und da höre ich es wieder –

„Die Gnade Gottes ist aufgebrochen...."

Wie kann man so etwas plötzlich wieder hören? Woher? Wieso? Da ist man schon ein bißchen verrückt – das kann ja sein – in so einer Weißnacht beim Mond und einem kalten, eiskalten Josi –

„Die Gnade Gottes ist aufgebrochen.... "

Wie kommt einen das, wenn man im Schnee kniet – beinahe auch schon so kältesteif wie Josi hier? Wie kann sich der besoffene Prediger hier reindrängen?

Kopfschütteln – Kopfschütteln .

Egal. Auch egal – egal.

Hier kann ich ihn nicht liegen lassen. Nein. Das geht nicht – Das bin ich ihm schuldig – meinem kalten Freund Josi – Aber wohin mit Dir? – – Da – links unten – links unten von uns – da steht eine Weinberglaube, eine Bretterbude für heiße Winzertage – zum Schutz vor der Sonne – zur Kaffeepause – zum – Ja – ja – Dahin werde ich Dich bringen. Nun, komm Josi. Komm doch! Komm schon! Mach Dich nicht so schwer – Nein, nein – tragen kann ich Dich nicht – dazu reicht's nicht mehr bei mir – Ich werde dich schleifen – ich werde Dich hinschleifen – hin zur Laube – zur Bude – Komm– nur noch ein Stückchen – ein kleines Stückchen nur – Na, also – Nun habe ich Dich drin und mich auch – Die Türe zuklappen – zumachen – zuschließen – Unsinn – alles Unsinn – Das hilft zu nichts – nur den Wind – nur den Wind hält es auf – auch nicht ganz, aber immerhin, immerhin etwas.

Einen Ofen haben sie nicht in diesem Luxusapartment – nein, so was gibt es nicht – Eine Fensterluke – ohne Glas – offen – aber abseits vom Wind – Das ist gut – ja, das wenigstens ist gut – Eine offene Luke für den Sommer.

Kein Stuhl im Salon – gar nichts – doch ein paar Holzstöcke – Rebstöcke – Draht – und Strick – eine große Rolle Strick – Nichts sonst – Aber setzen muß ich mich – das war eine Großtat – dieser Jositransport – ein Kraftakt – Da muß ich erst wieder Luft kriegen.

So – so – und nun – nun geht es wieder – so einigermassen – so – wenn ich mich setzen will – Ich weiß schon –

Ich lehne Dich an die Holzwand, Josi – Du erlaubst mir
doch, dass ich mich auf Dich setze – es ist ja sonst nichts
da – Ja, so geht es – so geht es schon – Wer sucht denn
Bequemlichkeit – nein – nein – so geht das schon. Ja, Josi,
nun bist Du mein Sofa – ein Sofa aus Stein – so hingefro-
ren – in 18 Grad Kälte oder so – mehr oder weniger – Kalt.
Kalt. Eiskalt. Das genügt. Ein Sofa von 80 Kilo – so in
etwa – Hart – ja, und unbequem – Ja – ja, ja, Josi. Du bist
ein unbequemes Sofa. Auf Dir sitzt es sich nicht gut – aber
immerhin – immerhin noch besser als auf den Boden –
immer noch besser so.

Pause. Nichtdenken. Hinschimmern. Weglassen – Ge-
dankenbrei – Kopf – Kopf her – Kopf hin – Es einfach
sein lassen – so sein lassen.

Bleibt auch keine Wahl – Aber ich habe da noch etwas –
einen kleinen Trost für meine Kehle, für meinen Bauch –
Ja, hier habe ich Dich ja noch, hier – in meiner Manteltasche – ein Getreidekorn – jetzt weiß ich endlich, warum
ich die arbeitsamen Bauern so liebe – Ein Getreidekorn –

Lachen –

Halbvoll – noch fast halbvoll der Glassarg – für uns
gemacht – für das kleine runde Glück – Und – das lassen
sie uns auch – nein, nein – das müssen sie uns lassen.

Aufstehen – Hin- und hergehen – Na, ja. – Ein wenig
schwankend. Warum auch nicht – Ein Schiff im Seegang,
im hohen Seegang – Ein Wrack im Sturm – in starkem
Wind.

Na, also – doch noch eine Erklärung für meine ungewollten Tanzschritte.

Einen Versuch sich zu wärmen. Arme um die Schultern
schlagen, immer wieder, immer wieder. Schneller, stärker,
rhythmisch. Ein Marschlied dazu gesungen: „Sagen Sie's
dem König, dreiunddreißig Pfennig sind zu wenig. Einen
Taler wollen wir haben, sonst exerzieren wir nicht."

Das ist sinnlos. Das hilft nichts. Josi, Du mußt mir Die-
nen Mantel geben. Du frierst ja nicht mehr.

Das Sofa, den Eisstein umdrehen, wenden.

Das ist schwer. Ein Klotz. Der Mantel festgefroren.

Warum hast Du auch Deine Beine so fest an den Bauch gedrückt. Um Dich zu wärmen. Ja, ja – das ist zu verstehen. Zwecklos aber – Das weißt Du jetzt – oder auch nicht mehr oder auch - - So – aber nun – aber jetzt – jetzt halte ich ihn in den Händen – Deinen Mantel – Auch nur eine Eisdecke – Trotzdem.

Anziehen –

Er ist kalt wie der Tod – Aber ich, ich habe ja noch Wärme. Josi, ich rück Dich wieder hin. So – so nun – nun ist es wieder gut.

Hinsetzen – auf das Sofa – auf das Josi-Sofa – Aber – und das würde ich gerne wissen – Wie bist Du in die Weinberge gekommen? Das war nie Dein Platz. Du warst immer in der Stadt – am liebsten in der Stadt – vor Deinem Theater – und abends dann in der Herberge – Feudal. So wolltest Du es ja immer. Ein richtiges Bett mit Frühstück und Unterhaltung. Das Tippelbrüder-Hotel „Zur Herberge". Und warum bist Du nun hierher gegangen?

Das verstehe ich nicht. Hat es Dich zu den Weinstöcken gezogen – zum Riesling, Sylvaner, zur Scheurebe oder zum Roten, zum Burgunder, Portugieser oder – Aber da gibt's nichts mehr zu holen. Die Ernte ist gewesen. Was hast Du also dort gesucht? Hast Dich wohl zuletzt festgehalten an den Weinstöcken – an den Rebstöcken. Aber – da hängen auch keine Flaschen, keine leeren und auch keine vollen – Und die Vollen – wenn sie da gewesen wären – Und die Vollen, die hättest Du sowieso hier in dem Eisberg nicht zum Fließen gebracht – Das hätte keiner gekonnt, Josi – Keiner.

Das ist Gesetz.

„Die Gnade Gottes ist aufgebrochen...."

Jetzt ist sie bei der Polizei.

Es ist jetzt um die Weihnachtszeit – dazu braucht es keine Kalendertage – bei uns sowieso nicht – Die Schau-

fenster – die ausgestellten Engel – die Lichtersterne in den
Strassen – die Weihnachtsbäume mit Kerzen – elektrischen, versteht sich, elektrischen.

Es ist also wieder einmal Dezember – irgendein Dezem-
bertag – Das braucht einem Niemand zu sagen. Und auch
daran merkt man es – die Leute, die an einem vorbeigehen,
die haben mehr als sonst für eine hingehaltene Hand – Das
sind so Tage – da kann es auch bei uns plötzlich einmal so
richtig hergehen.

Einen echten Cognac besorgen – Das war voriges Jahr –
auch um diese Zeit – ein Asbach-Uralt – Ich schmecke ihn
noch – auf der Zunge habe ich ihn noch – Wenn ich nur
daran denke – Aber – wozu denn so etwas teures? Warum
nicht lieber etwas Preisrichtigeres für uns? Aus eins mach
drei – Ja, daraus lassen sich leicht drei andere Flaschen
machen – mit Glück, mit etwas Glück. Und wenn wir so
einen mal drin haben – Ja, dann guckt uns nur an – zeigt
mit den Fingern auf uns – Die Zeit hinter uns schubsen,
wegbringen – wegbringen, was uns noch aufhält.

Und dazu immer auch ein wenig auf der Straße des
‚Egals‘. Das begreift ihr nicht – das müßt ihr auch nicht.
Unwichtig – wichtig – Was ist das schon – was ist ‚wichtig‘, was? Gewichtig. Gewicht – was hat das schon? Es ist
gar nicht da – oder kaum – ein wenig nur oder – manchmal
spürt man es schon – manchmal – ja –

Pause – Pause – Hände wie zum Gebet falten – ohne Gebet – Kinn auf den Falthänden – Warten – Pause – warten
auf was? – auf nichts – auf gar nichts.

Ich habe Dich beim Theater kennen gelernt – nein, besser, vor dem Theater. Dort hast Du an jedem Abend ge-
sessen – auf den Stufen zum Theater. Dich kannten sie
alle, alle, die da reingingen zur Musik, zu den Sängern,
den Spielern auf der Bühne. Ja. Sie kannten Dich alle –
und viele legten Dir etwas Klimpergeld – auch mal einen
Schein – selten aber, selten – in die Mütze. Dort – vor dem

Theater auf den Stufen – dort habe ich Dich zum ersten Male gesehen, mich neben Dich gesetzt. Aber mich hat niemand beachtet. Du warst der Star. Vielleicht haben sie gespürt, dass Du dazu gehörst.

Pause – Aufstehen – Die Glieder sind steif geworden – schwerfällig. Die Flasche ist noch da – einen Schluck – auch zwei – Das wärmt schon – ein wenig immerhin – von innen. Genießen – Langsam sich wieder hinlassen, niederlassen – mit dem Rücken an der Wand hinunter.

Bis hin zu Dir – Ja – bis hin zu Dir, Josi, zu Dir meinem Josi-Sofa. So – es sitzt sich wieder. Gut so – oder auch nicht – oder auch – Ja, ja. Sie müssen es geahnt haben, dass Du dazu gehörst, dazu gehört hast – Irgendwann einmal – Du hast es mir erzählt – Das ist lange her. Souffleur – ja, das sagtest Du. Und Du konntest noch vieles auswendig von den Rollen – auch spielen, ja, spielen und die Worte dazu – Vieles von dem, was einmal dahin gebracht wurde auf die Bühnen – Das wußtest Du noch – nicht alles, aber vieles – genug noch. Manchmal schon etwas löchrig – aber es hat mir gefallen – sehr gut gefallen – Schiller, Goethe, Kleist oder wie hieß doch dieser Engländer – schon lange tot – den 'Großen', wie Du ihn nanntest. Ja, ich hör Dich noch – ich werde Dich immer hören.

„Oh, schmölze doch das allzu feste Fleisch, zerging und löst in einen Tau sich auf."

Ja, so ähnlich – oder auch ganz richtig – so ganz richtig. Ich halte ja Deine Stimme noch fest –

„Begraben will ich Cäsar
nicht ihn preisen –
die Ehrenwerten – das sind sie alle."

Ja – alle ehrenwert – Ja, begraben will ich Josi, nicht ihn preisen. Ohne die Ehrenwerten – sie werden ihn nicht preisen – und das sind viele, alle – oder? Josi, Du warst ein gebildeter Mann. So was färbt ab – auch zu mir.

Und noch ein kleiner Schluck – Rülpsen – Hoppla – und noch ein Rülpser nach –

Hier gehörst Du nicht her – in diese schäbige Eislaube –
nein – Ich sollte Dich zu den Stufen Deines Theaters transportieren. Aber wie denn? Mit dem Schubkarren – ja, das
würde gehen – aber so nun – ich käme ja gar nicht bis
dahin. Du meine Güte – Aber gut wäre es.

Die Hände falten – Ja, auch das jetzt – die Hände falten.
Und dazu würde ich sagen, zu dem kalten Josi auf den
Stufen.
„Hier liegt der kalte Josi nun.
Laßt den kalten Josi ruhn."
Lachen – Kichern, Husten – heiser – die Stimme geht
weg.

Ja, ja – der kalte Tanzsaal hier – Ja, das ist es wohl. Aber
Du siehst, Josi, ich habe von Dir gelernt – auch reimen sogar – ein bißchen nur – aber immerhin – Bevor ich Dich
traf, wäre mir das nie eingefallen.
Auf die Stufen zum Theater – Da gehörst Du hin. So hätte es sich gehört, wenn ich könnte – Gegenüber von dem
alten Gutenberg und nahe an den Messingleisten quer über
den Bürgersteig und die Straße – direkt zum alten Gutenberg – zu seinem Steindenkmal – In Messingbuchstaben –
eingefaßt von den Messingleisten, da stand es, da steht es
in Messingzahlen und Messingbuchstaben: ‚52° nördlicher
Breite'. So was – aber dort stufenhoch – da war Deine
Heimat – nicht hier im kalten Weinberg – Hier nicht.
Wir waren ein seltsames Paar – ‚exotisch', das meintest
Du zu uns beiden – so stimmt es wohl auch.

Lachen, nein nur noch ein Kichern – und noch einen
Gluckerschluck. Im Munde festhalten den Schluck Getrei-
dekorn – dann langsam die Kehle hinablassen.
Ein seltsames Paar – ich weiß nicht mehr so recht, wo
ich bin – ‚Exotisch' ja. so – – ja –
Kichern –

„Ich habe nie mit mir gespielt". Wie oft hast Du das
gesagt. Ich habe es gehört – nie gefragt – und eigentlich –
ja, eigentlich habe ich nie so recht verstanden, was Du damit gemeint hast. Nie so ganz, denn gespielt hast Du oft
und auch mit mir – Mein Partner – hast Du dann gesagt –
Erinnerst Du Dich noch? Ja, auch mit mir – und Du konntest das gut, sehr gut, sehr gut, Josi. Ich sehe Dich noch,
wie Du mir den sterbenden Schwan vorgespielt hast – vor-
getanzt – Die Enden, die Zipfel Deines Mantels hast Du
gefasst – wie Flügel sah das aus – und dazu hast Du getanzt. Auch gesungen dazu – nur so aus Spaß. – Eine Gi-
tarre – Ich hatte ja gar keine. Ich hab nur so getan, als ob
ich eine hätte und – „schrumm, schrumm" – das hat Dir
gefallen – „schrumm, schrumm" – Der sterbende Schwan.

Aufstehen – mühsam – nachtanzen – mit Mantelzipfeln
– Schwebeflügelschwanentanz – Drehung – Sturz – auf die
Knie gestürzt – auch mit dem Kopf aufgeschlagen – aber
kaum vermerkt – Aufhandeln, wieder hinhangeln zu dem
eiskalten Sofa – zum Jositrost – zum Josi.

Josi – wahrscheinlich früher einmal ‚Josef‘ – das denke
ich. Oder hast Du mir es einmal erzählt? Nur, das weiß ich
noch genau, aus dem Norden bist Du gekommen – von
ganz da oben – von der Nordsee – wie hieß es doch – ach,
ja – Eiderstedt – aus Westerhever – Sie nennen das dort
‚Das Ende der Welt‘ – das hör ich noch – aber es ist
falsch. Hier, Josi, hier ist das Ende der Welt – Ein kleines
Kaff – kaum hundert Leutchen – Dort also – dort stand
Diene Wiege. Ja, dort wurdest Du in die Wiege gelegt,
Josef – Und rundherum Esel, Ochsen und Maria – aber so
kann es ja nicht gewesen sein – aber die Esel, die gab es
ganz bestimmt – Josef und Maria und – so war‘s wohl
nicht – scheißegal – scheißegal.

Schluck – einen großen diesmal und dazu ein langes
Aaaahhh – Einatmen, ausatmen – noch etwas Dunst davon
in der Kehle – Nachluft.

Schön – – aber man wird müde – so langsam müde, ja –
so langsam – Du schläfst ja schon, Josi – Du – ja –

Was habe ich denn hier in der Hand? Papier – gefaltet,
noch mal gefaltet, vielmals gefaltet – aus Deinem Mantel –
aus Deiner Manteltasche, Josi – Papier – brüchig, schon
etwas brüchig – oft aufgefaltet, zugefaltet, aufgefaltet –
sicher – Im Mondlicht einige Zeilen – nicht lesbar bei der
Mondfunsel – Streichhölzer – eines – noch eines und noch
eines – Ja. Da ist es jetzt:

Alle Sterne pflück ich Dir vom Himmel
zu einem Strauß für Dich –
zu –
Verdammt – man verbrennt sich die Finger –
zu einem Strauss für Dich –
Mein Herz ist seine Schale –
Mein Herz ist –

Wieder finster, so was aufzuheben und so was zu lesen –
so was. Das kann nur einer wie der Josi in der Tasche
haben.

Mein Herz ist seine Schale
zum Geschenk für Dich –
erbarme Dich –
erbarme Dich –

Nein, verdammt – wieder aus – erbarme Dich, nein – er-
wärme mich – Noch ein Streichholz – die gehen auch zu
Ende – auch diese Schrift – auch diese.

Erbarme Dich –
umfasse sie mit Deinen Händen –
dass Gott mir gnädig sei
für meine Liebe –

Das hast Du oft in die Hände genommen – ja, oft – Einmal, da hast Du es mir gezeigt – aber ich habe es nicht
lesen dürfen – Ein Gedicht, sagtest Du – von einem Tet-

tenborn – ja, von einem Tettenborn – nie was von ihm gehört – irgend so einer – aber was zählt das schon – Und
hier – hier oben links, da steht es ‚An Corinna‘. Das war
einmal Deine Frau – Deine große Liebe – Und – verdammt noch mal – Dir habe ich das sogar geglaubt – Ein
Autounfall – und das brachte Dich auf die Strasse – seit-
dem, seit dieser Corinna – Manchmal – Ich habe das am
Anfang nicht verstanden – manchmal, da legtest Du ein
paar Blumen auf die Strasse – auf irgendeine – einfach so
auf den Asphalt.

Es war schon sehr seltsam – das war es wirklich.

Ob sie ihn in den Himmel lassen – so einen wie ihn? Sie
tönen immer nur vorher so fromm davon – aber wenn sie
ihn erst mal da oben sehen in seiner Armseligkeit – dann
wird er wohl erfrieren müssen vor der Himmelstüre.

„Die Gnade Gottes ist aufgebrochen....“
Der sterbende Schwan –
Ein Kichern, hüsteln –
dann holt auch ihn die Kälte ein. Er gleitet zu Boden –
hält sich an Josi fest – steif und kalt und starr nun bald wie
er.

Zwei Wochen später wurden sie gefunden. Da lagen sie
nun – umfaßt wie ein Liebespaar.
„Die Gnade Gottes ist aufgebrochen....“
und dazu ein Kreuz in die Luft gezeichnet.

Verglänzter Wein

Was für ein Titel? – im Nachhinein betrachtet. Wie kam es dahin – und doch, doch – es stimmt zu dem Erlebten irgendwie, irgendwann, irgendwo, irgendweshalb.

Es war eine Nacht – eine kaum angebrochene Nacht bei mir zu Hause, in meinem Hause – Ein heller Wein im Glase – ein Riesling, eine Spätlese, trocken – aber darauf kommt es hier nicht an.

Eine Nacht in meinem Hause vor einem Glas Wein – knapp hinter einer Flasche und hinter ihr versteckte sich eine zweite und eine – Nun, es war genug da, um die Tore der Seligkeit aufzuschließen. Ja – zurückgelehnt, hingegeben dem Angenehmen – Ich war allein – War ich allein? Oder – war ich doch nicht allein? Da berührte etwas diese Welt um mich, diese Weinwelt um mich – kaum wahrnehmbar – ahnbar, fühlbar, ohne einen Bewußtseinstransport. Es war – nun, wie soll ich es sagen – es war ein wenig merkwürdig – nein, ‚sonderbar‘ ist das richtige Wort dafür. Aber so nach und nach trat es hervor aus dem Dunkel – schattenhaft zunächst, dann näher – Gestalten – nein, nein – keine Menschen – Tierähnlich einige – Ja, jetzt schon besser erkennbar. Spinnen mit Menschenköpfen, Hörnern, behaarte Ziegenbeine – Rüssel – Das waren Dämonen. Ja. Ich habe sie oft in meiner Nähe gespürt, ertragen auch – Dämonen, viele jetzt. Und Pan mit seiner Flöte, Satyre – Bacchus – hereingetragen von Bacchantinnen – nackten Bacchantinnen – von Weinlaub umrankt – herrliche Beine – schlank, langbeinig – auch einige Dikke von ihnen hinterher – Da setzten sie ihn ab – nicht weit von mir entfernt – auf einen Thron, der auf einmal dastand. Über mein ungläubiges Gesicht – Perlen von Gelächter der Bacchantinnen, Lachgemecker von Pan und dunkle tiefe Lachkaskaden von Bacchus. Er warf mir eine Traube zu. Er hatte sie von seinem Schenkel gepflückt.

Es war alles voller Geräusche, Lachen, Reden, Meckern, Brummen – Der Himmel hatte sich verändert – die Fensterwand des Zimmers zum Himmel war verschwunden. Er reichte nun bis in mein Zimmer. Der Rest des Zimmers war jetzt achteckig, nein, neuneckig – später auch ein Halbkreis – eine halbe Circusmanege – aber – das nahm ich hin – ohne Verwunderung – Alles war nun im Wechselspiel – alles war anders – Ja – das war der Punkt – und deshalb – Ja, doch – ‚Verglänzter Wein‘ – so könnte man es nennen.

Die Dämonen tanzten jetzt um meinen Sessel. Einer schlug mit seinem Holzbein gegen mein Glas und an die Flaschen, ein anderer soff mit seinem Silberrüssel mein Glas aus. Einer spuckte mir ins Gesicht und lachte mich aus – Und ohne mein Zutun – das Glas war wieder voll – Ein roter nun – köstlich – wirbelig schön. Die Musik dazu machte Pan auf seiner Flöte und blinzelte mich dazu an mit seinen bernsteingelben Ziegenaugen. Einige Meerjungfrauen trommelten dazu auf weißer Meeresgischt. Sie trommelten und vertönten die Musik mit Muscheln. Sie paßten nicht ins Bild – aber gab es so etwas überhaupt noch?

Sie waren wohl angeflogen aus meinem Nordseeheim. Sie wußten wohl, dass ich hier sitze vor Bacchus, den Dämonen, Satyren und Pan – Vom hohen Norden her zum Rhein – von Wasser zu Wasser – Nein, nein – das reicht nicht aus für eine Erklärung. Nur eben – dort oben in meinem Nordseeheim, da waren sie schon oft meine Gespielinnen, halb in den Traum jeweils geschafft und dazu Sternengeflimmer – wie jetzt auch. Der Wind spielte jetzt den Baß in dem Gezweig der Bäume. Eine Katze schnurrte um meine Beine. Sie hatte keine Angst vor den Dämonen. Wie auch? Sie war ja selbst ein Dämon. Sie streckte sich nach rechts und links und wurde größer – riesenhaft – schwarz ihr Fell, glänzend im Mond- und Sternenflimmer. Es wunderte mich auch nicht, dass sie mich plötzlich anbellte. Einer der Satyre drehte wie besessen ein Spinnrad und förderte Wein aus dem Boden.

Die Examinatoren hatten sich vor meinen Sessel breitbeinig hingesetzt. Unter ihnen auch der Schutzheilige der Winzer, der ‚Panschen-Lama‘. Die drei anderen waren Satyre. Die Oberaufsicht hatte Bacchus und er fragte dann auch mich als Kandidaten ab. Es gab nur eine Frage, aber sie schien sehr wichtig zu sein. Was oder ob etwas dabei zu gewinnen oder zu verlieren war – Niemand verriet es mir. Und Bacchus nun, zu mir hingewandt. Streng spielend. „Was soll das sein, was ich jetzt mit meinen Worten beschreibe. Paß genau auf. Und hier sind diese Worte: Elegant, entwickelt, adelig, ansprechend, angenehm, mild, mollig, spritzig, vollmundig, vollendet, würzig, zart, charaktervoll, bestechend.“ Er machte eine Pause und ließ sich ein Riesenglas Wein vor die Lippen bringen. Er soff ihn aus – langsam genießerisch – aber ganz und gar. Seine Bacchantinnen, seine zarten Gespielinnen füllten sofort wieder sein Glas – der Wein glänzte im Glase, als habe er ein eigenes Licht. „Nun, was sagen Dir diese Worte?“ Ich trank hastig einen Schluck und noch einen – das Glas füllte sich wieder von selbst. Bacchus rülpste laut und spülte nach. „Er sah mich streng an.“ Ein Wort, ein einziges reicht aus von den vielen, um zu erkennen, was ich meine.“ Die Bacchantinnen kicherten, die Satyre kreischten vor Vergnügen und Pan trillerte wie verrückt auf seiner Flöte. Sie wußten es, ja, sie wußten genau, was er meinte. Ich versuchte eine Erklärung. „Das ist doch klar – die Worte meinen den Wein. Nur ein Wort, sagst du, genügt um das zu erkennen. Nun, bitte – Ansprechend! Das sind gefällige und angenehme Weine, die ‚ansprechen‘ und zum Weitertrinken anregen. Oder ‚vollendet‘ – damit sind Spitzenweine der höheren Qualitätsstufe angesprochen. Und ‚vollmundig oder mollig‘ – das heißt...“ – Bacchus unterbrach mich: „Quatsch, Quatsch, Quatsch!“ Und die

Wände dröhnten von ihrem Gelächter. Bacchus weiter:
„Elegant, entwickelt, mollig, vollmundig, würzig, zart,
bestechend – Das ist ein Weib!!!" Aus dem Lachen stieg
die Venus. Splitterfasernackt. Ein wahrer Rubensgenuß.
Sie tanzte zu ihrem Lachen und der Panmusik. Dazu auch
Harfenzirpen der Nymphen und Seejungfrauen. Die Venus
bestieg lachend ein Schiff, die Segel prall gefüllt mit roter
Liebe – hin zu mir gesegelt. Ihre Brüste hüpften und zap-
pelten – und das Schiff mit ihr segelte in meinen Schoß
und verschwand. Es war alles, alles verzaubert, verwun-
schen vielleicht auch.

Was zählte das noch. Es war die Nacht der wilden Träume – Am Rande wurde unentwegt Wein in Schläuche
gefüllt. Für die Legionäre Cäsars, wie es hieß. Ein Satyr
sprang mir auf die Schulter und rezitieret zum Ergötzen
von Bacchus Grimmelshausen.

Der edle Wein pflegt angenehm zu sein,
die Geister zu erquicken,
die Sorgen zu ersticken.
Der Wein auf dieser Erd
ist des Poeten Pferd.
Der kann uns neues Leben
und neue Kräfte geben.
Ist dann ein Käs dabei –
so ist man noch so Frei
von lustigen Gebärden.
So! Weichet Ihr Beschwerden.

Über den Wein hinweg plötzlich ein Geflüster, ein Ge-
wisper, hingehechelt dann: „Die Schwester der Titania ist
tot. Sie wurde von Amor zu tief ins Herz getroffen. So ist
sie in Liebe ersoffen. Sie war so schön und nun mit
schwarzen Tränen getauft." Der zottige Pan sprang auf den
Tisch. Er rief laut: „Eine Fackel im Arsch, einen Wein vor
den Lippen, Tränen auf den Wangen. So feiern die Pane

ihre Trauer." Es wurde rings herum eine Minute lang ge-
weint, wie die Riten es befahlen.

Tränen fielen auch in meinen Wein. Er schmeckte danach ein wenig harzig, wie ein griechischer. Eine satyri-
sche Verwandlung eines Ingelheimer Roten. Ein Satyr
machte Kopfstand dazu und fletschte mit den Zähnen den
Trauerrhythmus. (Wer nicht weiß, was das ist, frage den
Autor).

Pause – Pause – Der Morgen wagt sich zögernd in diese
absonderliche Nacht – – Wo sind sie hin – wo sind sie??
Das Zimmer wieder viereckig. Alle Wände wieder an
Ort und Stelle.
Ich aber – ich liege auf dem Boden.
Mein Gott!! Ja. – – Und da bleibe ich auch noch eine
Weile liegen.

Bericht von einer Menschen-Müll-Halde

Irmgart Hendriksen war einmal eine geachtete, verehrte Frau in ihrem Nordseedorf Westersee, Nordfriesland, Eiderstedt.

Ihr Mann war der Bürgermeister und Strandvogt in der 165-Seelen-Gemeinde. Sie hatten fünf Kinder, drei Jungen und zwei Mädchen. Er war nicht reich, aber wohlhabend konnte man ihn schon nennen. Ein Bauer mit einem reetgedeckten Haus, einer Haubarge – mit 86 Kühen, Schafen, 2 Pferden, Hühnern, Enten, Gänsen – Felder – Fennen – Mit allem gut versehen. Sein Wort zählte in der Gemeinde und hatte Gewicht und viele suchten Rat und Hilfe bei ihm. Ihm vertrauten sie.

Dann kam der Tod und zerriß die Papiere, hebelte den Standort aus. Der Bürgermeister starb an einem Herzinfarkt.

Die Witwe merkte bald, dass sie nun nur noch eine Witwe war – noch immer mit einem Nachklang der einstigen Achtung und Ehrung – aber – das zerging, langsam aber unaufhaltsam. Nun nahm sich schon hin und wieder jemand etwas heraus ihr gegenüber. Handwerker ließen länger warten auf ihren Besuch – und ihr Wort zählte wenig und wurde kaum gesucht.

Sie war nun eine Witwe – die fünf Kinder bis auf eines waren weit fort – alle hatten es zu etwas gebracht. Der eine sogar zum Doktor med., der andere zum Bundeswehrmajor – krummgelegt für sie – Opfer – liebevoll – behütet – aber nun – die Mutter weit weg – so weit weg von ihnen – kaum noch erkennbar aus der Ferne – Telefongeistergespräche – Besuche – auch das – ab und zu, dann immer mehr ab, immer mehr aus. Sie wurde einsamer – fast zum Vergessen – und die Kinder – nun ja, sie standen eben nun auf eigenen Beinen – Ihr Mann in die Erde gelegt – das war schon an die elf Jahr her – Die Kinder – Hoffnungen einst auch für sie und ihren Mann – Stütze und so – Eifersüchteleien jetzt untereinander – Vaters Tod – Erbschaft – hatte etwa einer mehr bekommen – und wenn sie einmal, wenn auch sie einmal – ihre Mutter – nein, niemand durfte besser gestellt sein im Falle eines plötzlichen oder längeren schicksalsvorbereiteten Sensenschnitt für sie.

Eine Familie – Eintracht – einer für den anderen – einst, ja – aber dann – das andere – das war nun einmal – nun – nun war eben alles anders geworden – alles – fast.

Das Leben – ihr Leben schlich so dahin – langsamer Lauf – nahezu bewegungslos – aber kleine Schritte schon noch – kleine Bewegungen im fast schon Bewegungslosen – schläfrig – das alles – immer mehr – ereignislos – nur das Fernsehen – das war immer da – aber sonst – was sollte, was konnte auch geschehen.

Und dann – und dann – plötzlich – nicht voraussehbar – plötzlich –

Der Blitz.

Ein Schlaganfall – an einem Abend – irgendeinem – er zählte ursprünglich nicht mehr als alle anderen sonst – jetzt aber ein Schlag – Hirnschlag – sitzen bleiben – am Tisch sitzen bleiben, sitzen bleiben müssen – hingedacht zum Sprechen, aber nur halbes – kaum verständliches.

Der Arzt.

Abtransport in das Kreiskrankenhaus – Untersuchungen, Behandlungen – Bett – im Bett – was aber nun – was wird nun werden – wohin ging es denn – wohin ging denn diese Reise – wohin denn?

Zunächst nur ruhen – liegen – Zusprache der Ärzte und Schwestern – auch von Besuchern – ankämpfen – nicht aufgeben – und – aber das dauert eben.

Aber ihre Kinder dachten schon weiter – ein Pflegefall – wohl – so sah es aus jetzt – gepflegt – ja – aber wo und durch wen – zu Hause - ? – zu Hause – nein, aber – einmal

am Tag dann Pflegebesuch vom Krankenkassenpfleger –
oder Pflegerin – aber sonst – und dann – daneben – jeweils
– Klo – Essen – wie sollte, wie konnte das werden – immer Klinik – nein, das ging nicht – das wußten alle – auch
sie – aber was blieb dann – Altenpflegeheim – daran musste man, hatte man zu denken – die Worte dazu noch vor-
enthalten – dennoch – das mußte man sich zugestehen –
nun – in ihrem Zustand – nun war sie im Wege – nun störte sie den Tag – das Leben der anderen – eine der Töchter
wollte zuziehen – ein alter Plan – abgesprochen, durchge-
sprochen – aber nun, wenn sie hier und ein Pflegefall im
Hause – neben ihnen – sehr nahe da neben ihnen – das
wurde gesehen – begriffen – abweisen das alles – aber wie
– das würde sich hinziehen lange wohl – sie war ja sonst
gesund – robust – so konnte man sagen – die Klinik –
nein, das ging nicht mehr lange – nicht mehr so lange hin.

Ja – also –

Das Altenpflegeheim.

Fraglos – das war – das wäre ein Ausweg – aber wie sie
dazu bringen – sie war ja noch zurechnungsfähig – leider,
dachte man da schon einmal – und so mußte sie zustim-
men – aber – aber –

Ihre Mutter war dort über die 80 in den Tod gepflegt
worden – und sie damals immer wieder an ihrer Seite – bei
ihrer Not, ihrem Jammer – damals hatte sie gesagt und oft
wiederholt:

„Wenn ich einmal dort hinkomme muß – nein – davor
mache ich Selbstmord.“

Aber das war damals – und jetzt – es gab keinen Ausweg – das Zuhause versperrte sich ihr.

Und eines Tages – da war es so weit.

Das Altenpflegeheim.

Nun war sie drin – dort, wo ihre Mutter einst – immer
mit Schauder – immer mit ein wenig Schauder erlebt –
Mitleid – mitgelitten – ja – und nun – nun war es ihr Heim.

„Nicht für immer – nur für eine kurze Zeit ein Übergang bis zur Besserung hin-" so wurde es dahingelockt – aber es zeigte sich – lange hin – zu lange schon – ein Sarg dann als Schlußzeichen – erst dann Entlassung aus dem Altenpflegeheim – so war es nun – so war es nun bestellt.

Aber sie gab noch nicht auf – sie gab sich noch nicht ganz auf – sie kämpfte noch einmal – ein Aufbäumen – so kann man es nennen – einen gewissen Trend zum Besseren spürte sich nach außen – zwei kleine Schritte – Fuß vor Fuß – und in der Zeit vielleicht auch mehr – mit Gestell gehen – nicht weit sicher – vom Sofa bis zum Klo oder in die Küche – das wäre dann – oh – vielleicht – mit Mut – mit Selbstmut – es war ja alles ebenerdig – und vielleicht zeigt sich da doch noch ein Zuhause – mit ihrem Sohn unter dem gleichen Dache – aber –

aber –

aber –

Das wußte sie – zutiefst wußte sie es – so etwas wurde nicht erwartet – nie wieder nach Hause – für immer weg – witwenfrei das Haus – ja, ja – sie wußte es – und das brach sie dann – und so ging sie keinen Schritt mehr – nur noch hinsetzen in den Ohrensessel im Krankenzimmer, Altenheimzimmer – auch das Sehen versagt sie sich nun ein wenig – sollte es doch – sollte es doch!! – Ja, nun verweigerte sie sich dem Besseren – aus Trotz nun – Trauertrotz mit ein wenig verweintem Hochmut – so etwas war ein Teil ihrer selbst – vorher – einst – nicht vor vorgegeben – jetzt aber vorgezeigt, herausgeholt.

Die Besuche wurden sparsamer – schließlich fast ganz vorbei – aufgegeben – nicht ganz – ab und zu noch – am Weihnachtstage – auch eine Geburtstagskarte – das Sichansehenmüssen glücklicherweise nun seltener für Zutreter – die Gastgesichter – manchmal – selten, ganz selten jedoch – auch mit Blumen – mit einem Blumenstrauße – wohl aus Dankbarkeit dafür, dass sie nach Abgabe der

Blumen wieder gehen konnten und sie bleiben mußte – auch ein bißchen Gewissensbisse dabei – ein bißchen Gewissenspflege – Erleichterung danach – man hatte doch etwas gegeben.

Wenn man sie doch endlich ganz und gar vergessen könnte – immer noch ist sie ein Hindernis – ein leichtes nun – gewiß – aber immer noch da – lästig auch – doch, doch –

Abgelegt, abgelegt, abgelegt, weggeworfen wie ein altes verbrauchtes Hemd – und doch haben sie einmal gemeinsam – ach, oft sogar gelacht – vor ihr – als ihre Kinder – das war alles noch zusammen.

Aber nun?

Abgelegt, weggesteckt – und sie alle – weg aus der Verantwortung – ein Ärgernis weniger – fast wieder störungsfrei das Leben – ein Blumenstrauß – einmal, zweimal im Jahr – Gewissenspflege – aber auch der anderen wegen, der Aufpasser, der Mitbürger, der Fransmäuler mit Lust über andere – nein, nein – man tat doch was – na, also.

Und wenn sie die anderen gefragt hätten?

Wenn sie eine Antwort hätte geben müssen, dann wäre es wohl diese:

Ich warte hier auf meinen Tod.

Wie er mich wohl sterben läßt?

In einer Zimmerhöhle warten auf den Tod – lange, lange, lange warten wohl – aber der Tod zählt die Tage, die Wochen und Monate nicht – Folterwarten – das macht sich eben so – ergibt sich von selbst so – Todeserwartungslangeweile.

Ich warte hier auf meinen Tod.

Wie er mich wohl sterben läßt?

Bald – hoffentlich bald – balde – ein Flehwunsch – auch die da draußen wünschen, erwarten hoffen es – über ein Holzkreuz zum Alltäglichen.

Aber noch war er da ihr Trauerstolz.

Seit zwei Jahren hatte sie das Krankenzimmer im Altenpflegeheim nicht mehr verlassen – Sie behauptete, wenn sie nach dem ‚warum‘ gefragt wurde – warum sie sich nicht ausfahren lassen wollte – sie antwortete dann – in ihrem Rücken sei etwas gelähmt – ausfahren – nein – nicht mehr möglich – es ginge nicht mehr – aber es war nur ihr Trauerstolz, der dem Rollstuhl im Wege stand – Vom Altenpflegeheim ausgefahren werden durch das kleine Städtchen – da kannten sie alle – und die mitleidigen Blicke – die verheuchelten Tröstungen – das Bedauern ohne Folgen – Nein.

Und so würde sie hier sitzen bleiben in ihrem Krankenzimmerohrensessel bis zum Todesweckruf – das hatte sie beschlossen und so würde es auch werden – so dass sie hier seit nunmehr zwei Jahren, 43 Tagen – und weiter so dahin –

Die Welt war draußen – vor den Fenstern – Gut so.

Einer hatte ein Pappschild mit großen schwarzen Buchstaben beschrieben – und – das Schild – etwa so zwei Meter zu einem – am Schornstein befestigt. Darauf stand:

Menschen-Müll-Halde

Sie störte das nicht – ihr half das nicht – sie erfuhr es nebenbei – es sollte nicht weitergeflüstert werden – aber wie so etwas eben ist – es macht die Runde – und nicht zum Guten für die Krankenzimmergefangenen.

Sie aber – sie dachte immer nur – immer wieder nur –

Ich warte hier auf meinen Tod.

Wie er mich wohl sterben läßt?

Sie war nicht allein im Zimmer. Sie hatte eine Gefährtin. – eine Mitbettgepflegte – Gespräche mit ihr waren spärlich – sie war auf ewig – auf jenseitsewig zur totalen Horizontale gezwungen – eine Glasknochenzimmergefährtin. Ihre Bettgefährtin störte sie nicht – nicht mehr – sie aber – sie zog längst ihre eigenen, engen Kreise.

Aber ab und zu – jetzt oft hinter Weinschleiern und oft
auch dichten Tränengardinen – früher einmal – da trug es
sie hin, weg zu einem Leben, das einmal war – ja, ja – es
war einmal wahr – so nachgestellt nun – und da konnte es
geschehen, dass sie plötzlich lächelte über ihre Armut hinweg – dass sie plötzlich den Kopf zum Gruß neigte und
„Guten Tag, Herr Strandvogt" oder „Guten Tag Frau Bür-
germeisterin" oder „Einen schönen Tag für sie, Frau Bür-
germeisterin" – bis ihr die Wegstrecke, die gedachte, nach-
gedachte Wegstrecke wieder weggenommen wurde – wieder einmal weggenommen wurde – wie fast immer zum
Ende zu.

14.30 Kaffeezeit – keine Zeit für Traumspaziergänge
mehr, Frau Irmgart und sowieso – dabei war der Kaffee
nicht einmal schlecht – auch nicht zu dünn – aber die
Träume ertranken oft darin.

Das war – wann war es denn – vor den Zeiten, so schien
es – ein anderer Stern oder – aber – dagewesen – das war
es schon.

Die Amtseinführung – die goldene Bürgermeisterskette,
die Reden, das Händeschütteln – der Spruch zum doppel-
ten Schnaps – die Amtskette – so besonders verschnörkelt
mit Goldornamenten – auch eine Schrift darauf – vergessen
was es war, was es bedeutete oder auch – Ehrung – auf
dem Podest – Tusch, Musikumrahmung, die Bläsergruppe,
der Chor der Sänger – Trachtentanz – Ehrungen – Glanz
für die Seele, das Herz – ja, so war das damals – wann,
wann war das – ein anderer Stern – aber wahrhaftig einmal
gewesen – damals – auch sie berührt davon – vor seinen
Füßen – in der ersten Reihe – glücksberührt, angeehrt auch
sie – Glanz für die Frau des Bürgermeisters, des Strand-
vogts – für sie, die neue.

Und der Feuerwehrball – der Ehrentanz für sie – Klatschen – umjubelt – ein Prost – ein Wein – nein, kein Wein,
einen Grog – na, ja – es war ja auch schon Herbst.

Das schwamm plötzlich dahin – kam hoch und ging wieder unter – und zeigte an das Gefälle, den Unterschied vom Jetzt zum Damals.

Aber das nahm sie hin, das ließ sie über sich ergehen, die entthronte Bürgermeistersfrau, die Strandvogtwitwe – das sah sie – aber längst, längst nicht mehr, längst schon nicht mehr hinter Weinschleiern hinter dichten Tränengardinen – ihre Tränen waren versiegt – sie hatte keine mehr – sie waren aufgebraucht – die Augen trocken für immer – stumpf geworden für immer – das begann schon vor den Lustgespenstern, knapp vorher schon – nach einer alten nun bald weggeräumten alten Zeit.

Da hing es – da hing er, der Spruch – beim Eingang an der Wand – sie kannte ihn noch von der Pflegezeit für ihre Mutter – da hing er noch:
„Et gah uns wohl op
unsere olen Dage.“

Auf einen grauen Wollstoff rot hingestrickt – hingebracht – es paßte – von der Farbe und wohl auch von den Worten, die er sagte – was da vorgeprangert war:
„Et gah uns wohl op
unsere olen Dage.“

Gutgemeint – hingehohnt – schade, dass die Strecke bis zum Lachen so lang war.
Grauschleier der Lust – nein, der Unlust – und das Warten – das Warten –
Sie sagt es sich vor, sie dachte es sich hin – immer wieder – immer wieder zum Zeitvertreib – die Zeit aber, sie hielt sich fest – sie blieb, sah sich um ein Grinsen wohl um den versteckten Mund – die Zeit – die Zeit vertreiben – fliehen sollte sie – fliehen, wenn sie daran anstieße.

Ich sitze hier und warte auf meinen Tod.

Wie er mich wohl sterben lässt?

Die Zeit von ehedem – die helle – von damals – und jetzt nun hier – andere Gewichte, ganz andere – die neue Welt hier – sie funktionierte genau so – nur anders – auf anderen Böden aber – fast zum Verwechseln – ja, sie funktionierte genau so wie früher – nur anders – eine Minimalimitation – oder so – so falsch war das Ganze gar nicht.

Vielleicht müßte hier ein Professor einen Vortrag über Relativität halten.

Sie kannte die Titel für diese Vorgänge nicht – für diese Übergänge zum Verwechseln – für dieses nun so – von damals nicht – aber etwas wußte sie davon – ahnte sie – war fast schon begreiflich – ein wenig nur – es lebte eben – aber nur kleiner – weiter schon – nur kleiner.

Et gah uns wohl op
unsere olen Dage –

Und diese schwarze Lustigkeit – nein, nein – nicht so laut – es ist ja nicht diese schwarze Lustigkeit, es ist die graue Lustigkeit – die kleine – die kriechende – die aufsaugende –

Et gah uns wohl –
und immer –

Ich warte hier auf meinen Tod.
Wie er mich wohl sterben läßt?

Man muß warten – aber so lange –

Ich warte hier auf meinen Tod –
komm bald.